少年達

艾爾的抉擇

H・Amaz／著

據古書記載，天地發生異變的那天，天空劃過一道壯觀的雷電，落入地平線的一端，宛如呼應亮起的猩色光線放出，世界最大的蘇卅火山噴發了，黑紅色的岩漿覆蓋肥沃的土壤，將茂綠的森林焚燒成一片枯林，湧入湛藍的海水使其變得髒污不堪；極寒的暴風雨所經之處或成一片汪洋，或成一片冰霜之地，與岩漿交會之際形成濃濃灰霧，遮蔽整片天空，久久不退，在短短數日內，世界原有的面貌徹底改變；古怪、醜陋的植物從腐爛的土中、水中生長；各種狂暴的野獸與邪惡的魔怪從世界最黑暗之處接踵而至，獵殺所見一切生物，剝奪人類長久以來和平、富庶的生活，人類只有逃亡一途。

當人類逐漸被逼近絕望之時，魔怪拜勒斯伸出援手，幫助他們避難，為他們尋找食物和水，設法為他們生存下去。之後，拜勒斯挑選出一群擁有特殊體質的人，交給他們巨大魔螺，教導他們使用咒語，讓他們從危險的魔怪庫耳曼身上獲得魔力以求自保，這些人後來被稱為獵人。

時至今日，獵人仍不斷為了人類的生存奉獻生命。

序

天空總是被密集交織的灰黑色枝葉遮掩，灰黃色的陽光好不容易從細縫中照下，在落到地面前又被大量的陰影吞沒。

藏身在樹蔭下，一隻紅毛魔怪盯著遠方、受到大量陽光照射的村子，一會，牠低下頭，打開懷中的一團破布，牠那雙小小的黑色圓眼中映著嬰兒的身影，他正睡得安詳，牠想親吻他，但怕把他吵醒而作罷。牠緩慢向村子前進，越是接近，能夠保護牠的樹蔭越來越稀薄，只是被丁點的陽光碰觸，皮膚馬上發腫發痛，這惡毒的光線，照在嬰兒身上卻顯得溫暖。

村子附近的樹全都被人類連根拔起，牠無法再依附樹木前進，而且人們在土裡埋了令人討厭的東西，不必潛入地下也能聞到。當牠越靠近村子，眼睛越瞪越大，是人的味道，牠舔了舔嘴唇，忍住想吃人的衝動，突然，牠僵住身體，在左前方大概十公尺處，有個身穿黑衣頭戴黑帽、身材非常高大的獵人，他正在巡邏，他沒有發現牠，牠不慌不忙藏進樹裡，過了一會，小心翼翼地探出頭，獵人往另一個方向去了，牠轉向右邊，看到一個女人從房子走出，女人挺著大肚子，一股血香味重得像要從空氣中滲出汁來，牠的牙齒和舌尖都在顫抖，待女人回到屋裡，牠跳出樹幹，往前方衝去，陽光曬在牠的腳上、身上、只有一半的頭顱上，開始冒煙，痛得像要被撕裂。

「嘿。」男人的聲音在背後響起，紅毛魔怪轉過頭，眼前一道閃光，視線跟著歪斜一邊，脫出的頭部生出一層黑色的薄膜，開始腐爛的身體從胸口裂開一個洞，牠以紫紅色、拳頭大小的形態掉下，另一個黑服獵人追過來，牠看了那團破布一眼，用長短不一的手腳逃進一棵樹。黑服獵人把手伸進樹幹，什麼也沒抓到，他灰頭土臉的回到夥伴身邊，村民們聚在一起，擔憂地看著兩位獵人。

「別告訴我你把牠追丟了，布南。」男人說，他手中的魔怪頭顱如同身體腐爛，他輕嘖一聲，「沒法用了。」

「牠跑進樹裡，我沒抓到。」布南說。

「所以你就放棄？你該下去追牠，要不就拔了整棵樹！」男人不耐煩的說，「要不是因為你個頭大還可以嚇唬牠們，不然還真是一點用處也沒有。」

「抱歉。」布南察覺到周圍村民們無奈及責備的眼神，沮喪地說。

「把髒東西清一清，我去附近看看。」男子將腐爛的頭扔到一旁，待他離開，村民們也散去。

布南用鏟子鏟起變得既黑又黏的皮囊，一塊一塊放進背上的簍子裡，突然，有個物體從黏乎乎的皮囊中露出，他緊張地抽出腰間的刀，輕輕撥動那團東西，發現是塊布，他輕輕掀開布的一角，露出一張小巧的臉蛋，是個嬰兒。

他慌張地收起刀，把布整個掀開後，訝異地說不出話。

†

紅毛魔怪用那圓滾滾的身體不斷奔跑，邊滾動著邊冒出數個細小的肢體。雖然暫時逃過一劫，不過這個模樣容易受到野獸或其他魔怪們的攻擊，牠不斷奔跑，最後來到一座池塘，四處張望了下，確定沒有獵人追上。

池塘邊只有一些看起來無害、弱小、而且不怎麼好吃的小型獸足類，只能將就一下了，牠撲向牠們，被捉住的野獸奮力掙扎，牠接連吃了好幾隻，紅色的表皮層層生出深灰色的肌膚，手腳拉長，漸漸形成似人的外觀，最後長出頭，牠調整手腳的長度來保持平衡，休息一會再上路。

紅毛魔怪回到三棵纏繞在一起的大樹前，牠稍微扭曲身體，從樹縫進去，不久後馬上出來。三隻高矮不一的魔怪站在牠面前，左邊的藍毛，左半邊是完整的人臉，另外一半是不規則的綠色臉孔；中間的黑毛，臉頰細長，腰部由三根手臂粗的骨架組成；右邊的黑毛沒有下顎，用眼神傳達笑意。

「我們已經觀察你一陣子了。」藍毛魔怪說，「你真不夠意思，好東西竟然不分享。」

「和你們分享有什麼好處嗎。」牠說。

「好處，沒有呢。」中間的黑毛說，「但你也真是心急吶，應該等那個人類大了點再吃的。」

「我想什麼時候吃也不關你們的事。」牠暗自慶幸牠們沒發現牠把那孩子帶去村子。

「既然你已經吃過了，那麼這個可以給我們吧？」藍毛說著從懷裡取出一個濕漉漉的袋子。牠沉下臉，周圍的樹木開始晃動，牠深吸口氣，輕聲說道：「請放過我們。」

「你頭抬太高，我聽不見。」藍毛說。

牠彎下身，卑屈地向牠們露出後頸，「從今以後我都聽你們的，請你們不要吃掉牠。」

藍毛笑起來，「我們不會吃的。」

「不吃嗎？」細臉的黑毛失望地說。

「要讓她要成為我們的同伴嗎？」沒有下顎的黑毛說。

紅毛魔怪抬起頭，露出笑容。

「我們不吃這個。」藍毛歪斜頭看著牠，「你也不會成為我們的同伴。」

目錄

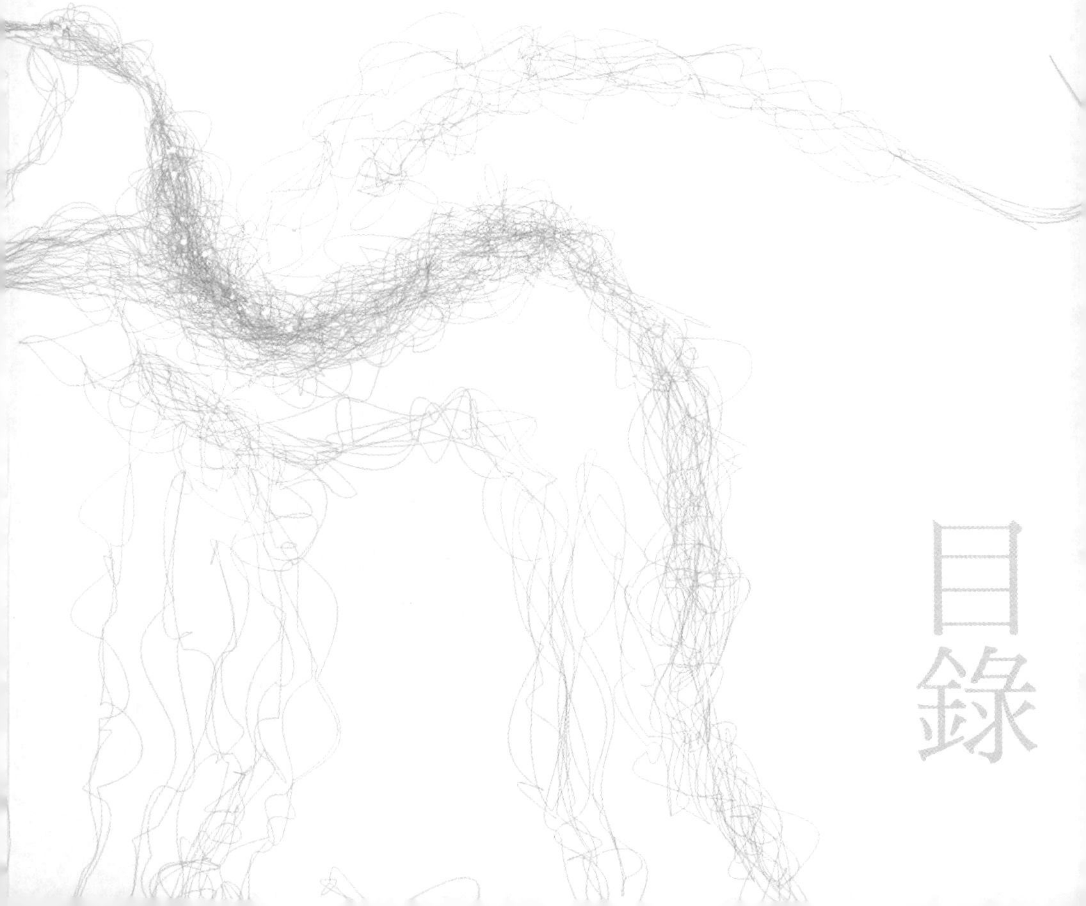

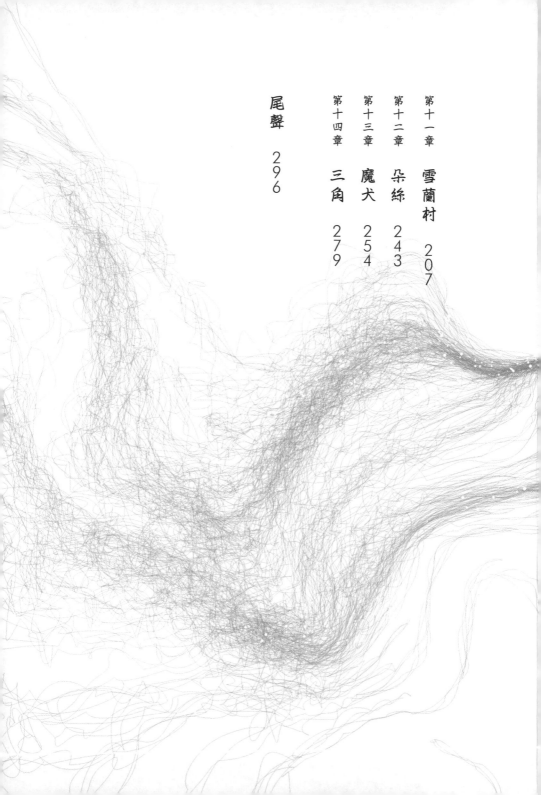

第一章 奪奪格拉

太陽漸漸西沉，橘黃色的光隔著灰雲照下，長短不一的雲朵隱約透著暗紅色的光，彷彿一雙伸向落日的手。一列人群走在灰色的泥路上，往光退去的反方向行走，再往更遠的地方去是一大片黑色森林，逐漸和即將降臨的黑夜成為一體，人們盡可能在陽光完全消失前回到村子，畢竟隨著夜晚來臨，各種可怕的野獸與魔怪也開始在森林開始活動。

當太陽完全沒入地平線，黑夜從容不迫地吸收殘餘的光，很快地，森林變得幽暗，有些地方因為樹木密集生長，能見度非常低，周圍瀰漫著厚重的氣氛，狩獵者的殺意、逃亡者的恐懼，魔物和野獸的味道、沼澤的濕氣、腐爛的屍體或植物的味道。在夜裡的森林裡行動，只要大意曝露自己所在，就會成為被獵食的對象。

獵人用盡全力奔跑，來到一片沼澤，他低咒一聲，拔刀轉身，兩眼瞪著身材嬌小的庫耳曼，這隻庫耳曼有著一頭卷曲的紅色短毛，一張蒼白的臉頰，周圍的螢光食木忽明忽滅，她的表情也跟著越顯猙獰，她搖晃手中的紅色瓶子，他皺起眉，冷汗直落臉頰，但是比起自身的危險，他更該擔心她的詭計，他衝向她的瞬間，胸腔冒出一團黑霧，他渾身一顫，兩腳跪地，她走上前，咬上他的脖子，從被咬的地方開始往外擴散變成黑色，身體越感輕盈，沒有痛覺，只感覺死亡的逼近，周圍的聲音彷彿吸入體內，吵得頭痛欲裂，在失去意識前一刻，他聽見她低沉的笑聲。

†

在高一、二尺的荊棘原中，一頭皮邁西將鼻頭探進充滿刺的草叢裡，慢條斯理地尋找花朵，牠全身覆著一層粗糙的皮膚，即使植物的刺毫不留情地扎上牠的臉和身體，牠也不痛不癢。牠的頭很小，身體呈葫蘆狀，凹陷的皮層包覆著全身上下最大的骨骼，保護重要的內臟。

牠察覺右後方有些許動靜，緩緩抬起頭，確定什麼也沒有，又緩緩低下。

一人重重落在牠身上，牠一受驚拔腿就跑。

「艾爾！」野獸右後方有個高大的男人，他手裡抓著柔軟的枝條盪過來，對著騎到野獸身上的少年再次大喊，「小心別摔下去了！」

艾爾緊抓皮邁西下垂、肥厚的尖耳，半是蹲坐在牠身體凹陷部分。要是不慎摔下去的話肯定會很痛，但他寧可騎著這隻橫衝直撞的野獸越過這片荊棘，也不想讓布南帶著他在樹上晃盪。他將皮邁西的頭往右偏，牠便往右跑，兩旁被衝撞開的荊棘有如稻草般飛舞，他拉高衣領以避免被碎片扎傷，荊棘原前方是一片黑油油的沼澤，艾爾作好跳下的準備，就算是淺沼澤，也是有幾處宛如陷阱的深洞，當皮邁西越來越近，他抬高身子，牠一個哼氣，猛地停下來，他就這樣被甩出去，直撲在黏稠的泥地上，皮邁西再次發出哼聲，像在嘲笑他般，優雅地轉身慢慢走回去。

「下次別再這麼做了。」布南單手將艾爾拉起，「這樣很危險，而且只是在浪費體力。」

艾爾默默拭去臉上的髒污，跟著布南渡過這片沼澤，他的雙腳踩在黑泥上，黑色的泥，軟呼呼的泥，讓人感到不悅的泥，越是走得越快，就越多泥巴滾上腳邊，讓雙腳倍感沉重。布南的步伐極大，他每走幾步就得稍微跑起來。

他注意到沼澤上突起的物體，也沒叫布南便停下。上前一看，浮在沼澤邊的，是個又黑又扁的物體，原以為是庫耳曼的舊皮囊或是牠們吃剩的屍體，他伸手一摸，光滑沒有任何紋路。

回頭尋找艾爾的布南靠近一看，發出悲傷的嘆息。

「眼睛被吃掉，已經死一段時間。」艾爾說著將乾扁的物體摺疊起來，交給布南，「變成這樣大概也沒有庫耳曼會想吃了。」

「還是小心點吧。」布南說著害怕起來。

艾爾向前踏出一步，踩碎了什麼，撿起來，照那觸感和厚度，應該是野獸的蛋殼，他沒多想，將附近的碎片都放進簍子裡。

大部分的魔怪都有似人的外形，大部分都是集體行動，階級制度分明。在所有魔怪族群當中，最危險的是庫耳曼，牠們從腐爛的植物生出，從腐壞的死水中生出，從森林深處的幽火中生出，從野獸、魔怪的屍體生出。外形、大小和成人差不多，大多有著漆黑的肢體，也有高如中型埃西亞行樹的庫耳曼。牠們全身為鮮豔的皮毛覆蓋，陽光對牠們具有殺傷力，因此牠們多在夜晚行動，色彩斑斕的外皮並沒有為牠們帶來太多麻煩。

庫耳曼和其他魔怪最大不同之處，是能夠使用人類的語言，以及擁有魔力，能夠自由穿梭常人無法通過的地方，使用魔力時，從手部開始變形；階級高的庫耳曼還會使用咒語。

除了「庫耳曼」之外，獵人們也會用「魔女」稱呼牠們，但牠們長得不全然像女性，更不用說牠們沒有性別。大部分的魔怪都是肉食性，魔女也不例外，不過牠們進食的方式，是吸食獵物，將其變成一張又黑又扁的皮囊後吃掉，通常會留下眼珠子，有時也會扔棄皮囊。

艾爾感覺到野獸的氣息，空氣中瀰漫發臭的血味，微皺起眉，不過走在前頭的布南似乎還沒有察覺，他想出聲叫喚不太妥當，便加快腳步拉住布南背上的簍子，布南仍沒注意，反而是他被拉著走，他一個吸氣，奮力向後扯，高大的布南差點往後跌倒，他趕緊向前頂住，扶正帽子，用手放鼻下，布南才意識到有野獸在附近。

月光順著樹幹，往下浸染每張葉片，為這片黑暗中點出微弱的光線，只見右前方來了一個黑影，仔細一看是帕德帕布，牠的身體又長又扁，頭部也是長的，側面看起來像是稻穗一樣；從背部到尾端長了數排尖刺，平時有如柔順的毛般伏貼於背上，不過這隻帕德帕布現正張著牠的刺，原本應有六足，缺了右後腿，也許是被同類或其他野獸，也或許是被魔怪所傷，帕德帕布注意到他們後，被激怒而拱起背部的刺棘。

艾爾看出布南的肩膀變得僵硬，因為布南曾被帕德帕布攻擊失去整條右臂，花了數天才復原。

「別動。」布南說。

「牠受傷了，沒什麼好怕的。」艾爾拍掉身上的石渣。

「只要我們不表示出敵意，牠會離開的。」布南說。

「但牠看起來沒有那個意思。」艾爾說著全身定住。

在周圍各種味道充斥下，有股不自然的香味，那是魔女，她們的血會散發某種香味，有時並不是受傷，而是用血的味道來催眠野獸或魔怪，低階魔女不具有這種能力，等級越高的魔女催眠效果越強，只要一個不小心，就會自取滅亡。

該不會是剛剛殺掉獵人的魔女？

艾爾和布南往香味的來源看去，在光線後方的魔女沒發現他們，慢慢靠近帕德帕布，牠也同樣往她看去，並繼續發出低鳴。他看不清楚她的樣子，雖然不是第一次對付魔女，但不知道為什麼他很興奮，手心感到發麻，也許是察覺他的殺氣，魔女停下來。

魔女應該知道自己被發現了，卻沒有消除香氣，看來她對自己的身手很有自信，艾爾將手伸向腰間的刀，一吸一呼，一吸，然後頓住，準備衝上前。

「慢著。」布南一句話讓艾爾立刻洩了氣，「你上禮拜不是才得到一顆頭？」

艾爾仍是拔出刀。

「她的目標應該是帕德帕布。」布南按下他的手。

「如果不是呢？」艾爾說。

布南似乎有點害怕，「我們先等她離開好了。」

艾爾沒答腔。布南就是這樣，會去照顧受傷的野獸甚至魔怪，只要簍子裡還有魔女頭，就絕不會去狩獵弱小的魔女，其他獵人都無法理解，他還聽過他們說希望布南能夠受點教訓，這樣他才不會同情任何不是人的傢伙。雖然布南就是個好心腸的傢伙，可是他也打從心底認為，這樣的性格不適合當獵人。

只能說命運真是作弄人。

帕德帕布走近魔女身邊，跟著她離去，布南也向艾爾示意離開。

艾爾沒有回頭，他不會知道那隻庫耳曼一直盯著他看，直到他的身影隨著月光被遮蔽而消失。

天空漸漸亮起，柔和的光線有如催眠曲，讓森林的一切都歸於沉靜。空氣中的濕氣不再沉重，身體越感輕鬆，兩人接近樹林稀疏的一帶，來到克洛茲森林。

這次回去除了向首領報告西多多群的走向，也是為了他。

在西頓村，能夠成為獵人的小孩滿五歲時會和指導者離開村子，適應森林的生活，七歲開始學習狩獵野獸及魔怪的技巧，直到十五歲前都由指導者帶領，滿十五歲的新手獵人通常會一起被交付簡單的任務。

艾爾即將滿十五歲了，但他並不是真的很期待，他不想和其他新手獵人，尤其是特別中規中矩的傢伙們一起行動。

不過如果能被派到外地，或許他能試著忍受他們。

「布南。」艾爾叫住對方，指向左邊由糾纏的樹根形成的低窪處，「那是奪奪格拉的巢對吧。」

布南猶豫了會，「好吧，就帶兩顆，動作要快。」

艾爾輕快地走去，探頭一看，約有數十顆和人頭一樣大的蛋。奪奪格拉將巢設在森林的邊緣地帶是為了避免蛋被魔怪或其他野獸吃掉。

獵人首領在奪奪格拉的蛋上施下咒語後，埋在村子周圍、十幾公尺深的土裡，蛋殼發出的某種特殊氣味能夠防止魔女從地下接近。最多只取三顆蛋是獵人默認的規矩。曾有個貪心的獵人一次取了全部的蛋，結果在某個早晨，村子遭到成群奪奪格拉的攻擊，所幸無造成太大傷亡。

艾爾挑了一顆露出地面最多的蛋，取刀在蛋旁邊的土刺了幾下，讓土稍微變得鬆軟，再小心翼翼地旋轉蛋，將其拔出，用手感覺蛋的重量，已經頗成熟了，他看向其他顆蛋，都只露出尖頭，如果太用力很可能會弄碎蛋殼。他輕輕摸了摸，起身準備離開，餘光瞥到有顆落在巢外的蛋，小心撿起後，兩個一起交給布南，布南放進簍子裡。

繼續走了一段路，他們遇上兩名獵人，棕髮的臉頰瘦長，黑髮的長著一張圓臉，儘管同樣身穿黑服，胸前的條紋是紅色的，由此可得知他們是凡雷德區的獵人。兩人一邊和布南互相點頭打招呼，一邊像是看到什麼驚人的景象，直盯艾爾。

「他長得……還真特別。」棕髮獵人說。

「他是人類沒錯吧？」黑髮獵人問。

艾爾面無表情地回望兩人，他們避開他的視線。

獵人的膚色如高山的雪一般蒼白，而他的膚色更偏向淡紫色，生來的一頭灰白頭髮，再配上一雙異色的瞳孔，使他整個人看上去難以接近，有時無意間看到自己的倒影，會覺得那張臉陌生的好像不是自己一樣。

被人質疑不是第一次，不過都已經習慣了，就連語拙的布南面對任何疑問都能應答如流，要不是不用懷疑的眼神看他才奇怪。

明明都習慣了，這沒來由的焦躁感是怎麼回事？

艾爾不自在的搔了後頸。

「給拜勒斯看過了，是人類沒錯。」布南說，「你們剛剛從西頓村離開嗎？」

「你們是西頓村的？」棕髮獵人問，布南點點頭，「替我們再次謝謝你們首領的招待。」

布南笑著和離去的兩人揮手，回頭看了艾爾一眼，「不用在意他們說的。」

艾爾仍是面無表情。

剛才那兩人大概不知道自己的事，只是純粹對他的外表感到驚奇，知情的獵人，會用更加惡劣的態度問候。

因為他是被魔女丟在村子的棄嬰。

西頓村的獵人將他放在草編的籃子裡，安置在樹上，吹響用野獸古美拉的角作成的號角，來吸引拜勒斯。

布南說他們等了一整天，吹了好幾次號角，終於引來一隻拜勒斯，牠看到他後顯得很興奮，抓起籃子在空中盤旋一陣後，放到地上，逕自飛走，儘管如此，沒有村民敢收留他，當時在村子留守的布南自願擔起照顧他的責任。

按村裡的規矩，艾爾跟村裡其他新生兒一樣接受測試，取血放進施過咒語的水，若是散開代表是普通人；若血凝聚成一團，就表示能夠成為獵人；如果沉到底部，表示這個新生兒身上遭到魔物寄生或是帶有傳染疾病，那樣就會交給拜勒斯處理。

艾爾的血沒有完全散開，也沒有沉下，但直到現在，村民和獵人還是不時會用懷疑的目光打量他，在耳際間談論他。因為他被一個魔女丟在村子，因為他的外表，因為在同齡的獵人當中，他的力氣大的出奇，而只要他表現越出眾，他們越是不安。

他很想知道為什麼魔女不吃掉他，為什麼把他丟在西頓村。雖然費羅首領常說好奇心會殺死一個人，尤其是去好奇真的有能力殺死獵人的魔女，他還是忍不住想像，如果再次與她重逢，她是否會認出自己。布南說她是紅毛，所以每次遇到紅毛的魔女他都會特別注意，有時還會刻意脫下帽子，不過魔女不是逃走就是攻擊他。

「和其他人一起行動的時候，盡量不要和他們起衝突。」布南說。

艾爾回神過來，知道他指的是獨立後的事，「挑起事端的都不是我。」

「他們喜歡開你玩笑，不完全是因為你的外表。」布南說，「他們是嫉妒你，因為你比他們強多了。」

艾爾聳肩。

「還有別隨便接近魔女，我知道你一直都對她們很好奇。」布南說，「除了狩獵，平常你該遠離她們。」說著他的聲音有些哽咽，艾爾裝作沒注意到。

離開奪奪格拉的巢後走了一陣，周圍的樹木越顯低矮。

布南從簍子裡取出紅色的瓶子，打開瓶蓋後，冒出如黏液的黑色物體，布南對牠說了聲「費羅」。牠先是在布南腳邊打轉，接著奔向其中一棵樹，布南和他走近，接著在手指劃下一刀，往額頭印下一指，艾爾也照作。

那棵樹比布南高不到一公尺，樹身比布南還要細，當布南靠近樹，不知是樹變寬了，還是布南縮水了，只見他毫無阻礙的進去。

各地村子的人口不等，小至幾百人，大至幾十萬人。在同一個村子出生的獵人組成獵人族，各個村子及獵人族都會制定規矩，不過都大同小異。

西頓村位在克洛茲森林中間帶，森林較不密集的地方，大約有三萬多人居住，獵人則大概有六百多人。除了由居民選出的村長外，獵人首領從村民中再選出五名長老，幫忙處理村裡或獵人族的事務。獵人的集會處地點不固定，由擁有施咒能力的費羅首領決定，原則都在村子附近，基本上除了參加獵人大會，首領都不會離開村子。

至於血印，兩個禮拜內回來一次的獵人不必使用也能進入集會處，但他和布南大概三個月才會回來一次。此外，其他村子的獵人來訪時，不論間隔多短，都得由受訪村子的獵人下血印才能進入。

艾爾走進樹裡，下一刻便感覺重心上下顛倒，但他沒有墜落，雙腳踩在不規則形狀的泥階上，泥階混入螢光食木的樹根和樹皮，感應到溫度便會發光，每前進一步，腦充血的感覺就越減輕，布南走到盡頭時伸手推開一扇門，裡面的人同時轉過來，布南向他們打招呼，他們點頭以對，卻都看著艾爾。

石桌呈尖葉形，兩側的椅子都坐滿了，石桌尖頭的位置坐的是首領費羅，他肩上披著白毛，留著山羊鬍，艾爾和布南向首領行禮後，從布南簍子取出兩顆蛋，放在牆角的深紅色甕裡，接著揮動左手，從地板浮出兩張外形相似的泥椅，和布南一同坐下。

艾爾看著其他人，和他差不多年紀的獵人身高都已將近一百八十公分，而其他年過二十歲的獵人們都超過一百九十公分，更不用說坐在旁邊的布南，不止高還很魁梧，從他的角度看去，感覺自己非常矮小。

艾爾坐挺身子，勉強看到坐主位的費羅首領。

「剛剛說到哪裡了？」費羅問。

「南邊的普利森林。」坐在費羅左側的年輕獵人說。

「普利森林，有誰要報告的？」費羅問，坐在石頭右側的中年男人稍微將身體向前，「請說，沙克里。」

「諾夫村正流行熱病。」沙克里說，「感染的獵人已經被隔離起來。」

「只有獵人？」費羅問，沙克里點頭，「那就好。」

坐在沙克里旁邊的夫佩特隨後接話，「村子東邊那一帶，不同群族的奪奪格拉在爭奪地盤，死傷不少，加上現在天氣濕熱，庫耳曼很快就會生出來。」

「你們新人去試試身手。」費羅手指幾個和艾爾差不多年紀的獵人，「繼續。」

「山普海沼澤有個暴風形成，目前是往東北東前進。」比德說，「漢都村有幾戶房子被倒塌的樹木壓壞，有幾個村民失蹤。」

「他們有要求幫忙嗎？」費羅問，比德搖頭，「那麼，接下來是貝茲森林，西恩？」

坐在左側的黃髮年輕獵人咳了咳，一副驕傲的模樣。艾爾和他不過相差三歲，但因為費羅首領看重他，所以西恩能和其他資深的獵人一起負責紅山地區。

「到麻布魯區的紅山隧道已經由托耳斯村的獵人和村民修復完畢，不過還是沒找到庫耳曼她們通過紅山的途徑。」西恩說。

「遲早會找到的。」費羅說著看向布南，「你們也有事要報告嗎？」

「那些西多多還是太危險了嗎？」西恩不懷好意地看著艾爾，「也許你要警告我們，牠們那小巧的爪子有什麼危險性？」

幾名年輕獵人發出笑聲，艾爾不予理會。

布南起身，取下簍子，拿出摺得方正的獵人屍體，眾人的表情隨及變得嚴肅。

費羅首領為難的皺起眉，「在哪裡發現的？」

「貝茲森林的長路特沼澤。」布南說，費羅將手貼在石桌上，隨著他抬高手，一個方形的白色台子升起，布南將屍體放在台子上，費羅手指輕點四個角落，冒出藍色火焰，黑色屍體上逐漸浮現圖案。

「這是赫納村的村章。」費羅說，「他的瓶子呢？」

「已經碎了，我想他的卡葛應該已經在回去赫納村的路上。」布南說。

費羅看向艾爾，「你要十五歲了對吧？」

「是的。」艾爾有些緊張。

「現在出發的話，應該能和他的卡葛差不多的時間到那裡。」費羅說，「這任務並不困難，你一個人可以吧。」

「沒問題。」艾爾非常堅定的說，他迫不及待想快出發，免得費羅首領改變主意。

「我也一起去比較好吧？」布南說。

「你留下來。」費羅說，「接替提茲的位置守在村子。」

「太好了呢，布南。」西恩說，「這是你最擅長的任務不是嗎。」

幾個年長的獵人發出笑聲，年輕獵人則予以同情的目光，布南有些困窘，艾爾皺起眉。

艾爾知道布南自從滿十五歲後，被派出村子的次數不超過一雙手指頭，其他獵人總嘲笑他只有外表嚇人，真正碰上魔女的時候根本派不上用處。跟著布南這些年來，他發現他確實是挺笨拙的。

艾爾很清楚布南收留他後，肯定受到更多譏笑和嘲諷，有些人還會打賭他會不會因為布南的粗心大意而死。

艾爾也很清楚布南覺得能照顧他是件值得驕傲的事，那讓布南感覺被認同為村子的一分子。而他並不是很在意是否被其他人當成夥伴，畢竟那也無法改變他在這裡成長、成為獵人的事實。

費羅用紅布妥當地包好獵人的屍體，放進艾爾的簍子。

一名黑髮獵人慌張地衝進來，所有人看向他。

「他們跑了，首領。」獵人說，「寡婦凱瑟女士帶著小孩離開了。」

費羅和所有獵人們先後起身，「只有她和孩子嗎？」

「還有坎希斯，他是那個小孩的指導者。」獵人說，「他們騎靈馬走了。」

雖然其他村子也發生過獵人逃走，不過帶村民還是首例。不論是否出於自願，他們都不應該擅自帶村民離開，要是被抓回來，不是被就地處置，就是會被送去懲罰，坎希斯明知這點，卻還是走了。

之前才有個獵人傷害村民，被送去懲罰，回來後變了個人，不多話，不喜與人目光接觸，對於自己受到什麼樣的責罰隻字未提，但那副模樣也已足夠讓人有不好的聯想了。

坎希斯肯定是神智不清，才會做出這種事。

費羅迅速指定西恩等十名獵人，「我會聯絡西邊的托耳斯村，請他們多加留意，一定要把凱瑟夫人和小孩帶回來。」

「他們以為能跑去哪裡？」西恩說，「所以我才說要多注意坎希斯，他和凱瑟女士感情太好。」

艾爾和布南與要去追趕村民的獵人們一同離開集會處，布南從簍子裡拿出紅色小瓶子，打開瓶子後，冒出一團黑色黏稠的液態物。

這個東西是卡葛，牠們因為能模仿人聲所以被歸類在魔怪。牠們棲身在紅山，能夠分裂出許多小個體，每個小個體都能自行膨脹或縮小，只喝雨水便能生存。獵人偶然發現用血餵食牠們，牠們便會跟在身邊，若是吸食兩個人的血，便會在兩人之間往返，移動速度比獵人快，於是牠們被當作獵人聯繫彼此的道具，為了不讓牠們持續分裂，平時將牠們放在用紅山產的土作的瓶子裡。卡葛只聽從第一個給牠吸血的獵人，而獵人首領持有的卡葛吸食族裡所有獵人的血。當獵人死去，他持有的卡葛會破壞瓶子，回到首領身邊，然後被首領的卡葛吞食。

「你什麼時候準備的？」艾爾問。

「不久前請人幫我帶回來。」布南說。

「牠沒吸過血吧？」艾爾問。

「當然。」布南把瓶子遞給艾爾，艾爾將手放到卡葛上面，牠升起不成形的身體，爬到指尖後吸附住一會放開，布南把手靠過去讓牠血，再把牠塞回瓶子裡，蓋上蓋子。

艾爾把瓶子放進簍子裡，「謝謝。」

「啊，忘了準備草衣。」布南懊惱地說，「要不我的先給你吧？」

「不用了。」艾爾不覺得自己在這種任務會遇到需要修補獵人服的地步。

「如果遇到麻煩的話，馬上聯繫我。」布南一臉擔心的說。

「我不會有事的。」艾爾說。

「記得隨時檢查簍子裡的頭還剩多少。」布南說，「不要隨便使用魔力。」

「我知道。」

「除非真的快沒有魔力了，千萬不要作多餘的狩獵。」布南低聲說，「不要隨便接近魔女，不要去招惹她們，不要和她們說話，不要相信她們。」

「不會的。」

「那你說一遍。」

「我不會隨便接近魔女，我不會和她們說話，不會相信她們說的。」艾爾僵硬地說，但他沒有移開目光，這樣看起來比較有說服力。

「絕不相信人以外的傢伙，必要時……」布南刻意拉長音，等著艾爾接下他要說的話。

「犧牲自己的性命。」艾爾無奈地說。

「別忘了魔力用盡魔印會消失。」布南指著左手背，「之後就算你取得魔女頭也無法使出魔力了。」

「我知道。」

「雖然你的復原能力很快，可是左手被砍斷的話也會無法使用魔力。」

「我知道。」

布南從簍子裡掏出兩個手掌大小的方形黑色土塊。

艾爾皺起眉，「我應該用不上這個。」

「以防萬一。」布南說，「小心別戴在自己手上。」

「才不會。」艾爾喃喃地說，一邊收下。

「小心別讓簍子受到破壞。」

「我知道。」

「如果遇到危險的傢伙，還是逃跑吧。」

「我會避開的。」

「完成任務後，就直接回來村子。」布南說。

「嗯。」艾爾深吸口氣，「謝謝你這些年的照顧。」

布南原本笑著，聽他這麼一說，那張粗獷的臉馬上扭曲起來，眼泛淚光。

「又不是再也見不到面。」艾爾有些受不了的說，他怕布南要擁抱他，結果布南只是伸手，他有些尷尬的握了握手，快步跑遠一段距離，再回頭，布南向他揮手。

艾爾揮了揮手，轉過頭，露出笑容，踏出輕快的腳步。

太好了，太好了！

†

太好了。

第二章

克洛茲沼澤

以獵人的腳程，從西頓村到赫納村大概八天左右。啟程後第五天，在行經克洛茲沼澤時遇上沼霧，過中午後開始下起小雨，背上簍子裡不時傳來輕微震動，讓艾爾更加煩悶。

魔女喜歡雨天，即使是已經沒有意識的魔女頭，也會在下雨時產生顫動。

雨落在葉片上、落在沼澤上、落在土地上，發出各種聲響。中型埃西亞行樹極盡伸長樹枝仍無法遮蔽整片沼澤，零散分布、生長在沼澤上的樹皆不到埃西亞行樹的一半，有如凋零的花朵，歪七扭八地生長。

迎面走來三位獵人，艾爾在看清對方的長相，就已經先聽對方的聲音，他認出是克蘭等人，原本想繞路，可是他們也看見他了，並快速朝他走來。

竟然遇到全村最討厭他的其中三人，真是糟透了。

艾爾記得八歲那年，在秋天的某個日子，和布南回村子的時候，克蘭等人帶他到森林某處，說有夥伴在地下五公里處上不來。就算是成年獵人，潛至五公里也無法待過久，他們不想告訴大人免得被責備，所以請使用土魔力的他幫忙，他雖然有些懷疑，但看他們急切的樣子，便答應了。

約十分鐘後，他到了大概的地方，那裡半個人也沒有，還以為自己找錯地方，在附近徘徊了好一陣子，當他探出地面，除了那個本該在地下的夥伴，還多了布南及兩位年長的獵人，他們怒斥他的行為、以及沒有管教好他的布南。

那個時候，對於自己被騙、被責備、被懲罰都沒什麼感覺，但現在一想，不禁怒火中燒。

「嘿，看看這是誰。」克蘭輕蔑地看著個頭比較矮的艾爾，「你終於拋下布南啦？」

「我已經獨立了，費羅首領給了我任務。」艾爾說。

「是叫你去送死嗎？」托維說，另外兩人大笑。

「你們覺得拿佩刀靠近他的脖子，說不定會彎曲？」克蘭不懷好意地說。

「省省吧。」艾爾不悅地說，「你會受傷的。」

克蘭挑起眉，「少瞧不起人了。」

艾爾和克蘭互瞪了一會，往右一跑，三人又叫又罵的追趕。

「魔鬼！」「雜種！」「怪物！」

憑空生出魔力攻擊他們的眼睛，不過那樣比較容易耗費魔女頭；利用他們腳邊的土作障礙物拖慢三人的速度，或是直接對付都是可行的，但他什在不想浪費時間演這場鬧劇。這次費羅首領讓他一個人行動，下次不見得還是，他實在不想放過這個機會，任何以前布南不讓他做的，他都想去嘗試，像是將奪格拉當作坐騎，不用魔力攀爬很高的樹，或潛到很深的沼澤裡等等，他還想去找魔怪拜勒斯，他對那群神祕的傢伙好奇很久了，明明是魔怪卻幫助人類，語言不通卻能使人類相信牠們，雖然牠們偶爾會在森林周圍出現，但去庫耳曼之森的話，一定能見到更多吧。

有些獵人族會派獵人到庫耳曼之森，為的是觀察並監視危險的高階魔女。被費羅首領派去庫耳曼之森的羅杰森去了快三年，差不多該換人了。

真希望下一個去的人是他。

轉眼間已看不見三人的身影，艾爾得意地笑起來。

雨天的氣味加上大霧，讓感官變得遲鈍，不過他還是察覺到，周圍有數個魔女，她們口中嚷著不友善的魔怪語，歪七扭八的接近。

從她們的外觀看來，應該都是低階魔女，不過還是小心為上。

艾爾在她們衝過來的同時，抽出將她們腳下的泥，使成一個窟窿，魔女們跌倒後立刻被捲起來，只露出頭。

果然只是低階魔女。

艾爾有些失望，由於布南膽小的關係，要是認為對方可能是中階魔女，布南都會選擇避開，不過他一直認為自己能夠與之抗衡。

望著不斷哀叫的魔女們，他嘆了口氣。「再跟來就殺了妳們。」他鬆開魔力，魔女們趕緊逃走。

艾爾走了數步，疲倦感突然襲身，將手伸進簍子裡，想確認魔女頭還有多少。

雙眼逐漸瞪大。

上禮拜才狩獵過魔女，簍子裡應該至少有一顆完整的魔女頭，那些份量足夠他度過兩個禮拜。

但他只摸到一顆很小的物體，大概像他的拳頭一樣大。

整個頭皮發麻，趕緊確認左手背上的魔印，顏色淡的和眼前這片霧一樣。

早知道剛才就先狩獵幾個魔女了。

獵人必須透過魔印才能使用魔力，偏偏在克洛茲沼澤這裡，住有許多魔怪，特別要小心樹叢茂密、充滿濕氣的地方，那極有可能是魔女的巢穴。

剩下的魔女頭最多能夠讓他撐三天，而且是不施展魔力的前提下，除非拿下簍子，就算只是行走，也會慢慢消耗魔女頭。

成為獵人的小孩滿五歲後，便不必再吃食物，只需用魔竹作成的簍子便能維持生命，說得更明白些，只要有簍子他們就不會死。獵人的行動能力比一般人高，而他比大部分的夥伴又更敏捷。

雨越下越大，艾爾找到兩棵緊靠一起的樹，稍微下潛直剩半顆頭，再用土覆蓋掩飾，只留下一條細縫，好隨時注意外頭的情況。

如果還有一顆魔女頭的話，他更喜歡待在地下。

一般人在土裡無法睜開眼也無法呼吸，不過獵人潛進地下、水裡或是岩層時，不僅能夠呼吸，在一定範圍內能夠看到身影和聽見聲音。碰到障礙物時，像是石塊或樹根，有時在湖裡還會有大船的殘骸，不繞開的話，就得耗費更多魔力來穿過。使用不同魔力的獵人在不同地點各有優勢，像火魔力的獵人耐炎熱，水魔力的獵人在河裡或沼澤裡能夠待比較久。

記得小時候和布南有次被一群魔女追趕，布南要他暫時躲在地下，過一會再來接他，過了三天布南才回來，發現他一直待在土裡時露出了好笑的驚訝反應。

只是待在土裡也不是太安全的作法，畢竟可能碰上在地裡行動的魔女，或是些雖然沒有魔力但也能在地底行動的野獸。儘管如此，陽光的香味圍繞著他，令人安心的味道，他蜷曲身體，閉上眼，睡意頓時籠罩全身，再度睜開眼，已經是晚上了。

竟然睡了這麼久，沒被吃掉真是萬幸。

艾爾察覺氣息，不一會便聽見談話的聲音，正逐漸接近。

是兩名獵人。

艾爾不打算求救，如果是其他村子的獵人還有可能，但不確定他們是不是西頓村的。如果他們看到單獨行動的他大概也會像克蘭等人一樣懷疑，而且要是被發現魔印淡化，回村子後一定會向費羅首領說起這件事，比起被嘲笑，他更不希望費羅首領因此認定他沒有能力。

艾爾動也不動，連呼吸的節奏也未改變，目送兩人走遠。

但附近依然有氣息，他正思考是否要換個地方躲避，一陣碰撞，一隻魔女踢到覆蓋他頭頂的土堆，跌跌撞撞地向前跳去，她低咒一聲，接著又有兩隻魔女踏過他的頭，在微弱的月光下，看見一隻黑毛魔女，她的腰部由三根骨幹構成，手裡拿著某種野獸的肢體，另外兩隻魔女分別一高一矮，高的沒有後腦勺。黑毛魔女折了一小段後扔在地上，她們同時抓起來，互相推擠，發出尖銳的怪叫聲，沒有後腦勺的魔女推倒矮魔女，搶走那一塊，矮魔女難過地叫起來。

艾爾觀察她們三個，魔女的外表不完全能判斷出階級，有名字的魔女不一定是高階魔女，長得越像人的魔女通常比較危險。雖然她們三個看起來差不多，但從另外兩隻的態度，看得出黑毛魔女的地位比較高。

「別吵了。」黑毛魔女說，「有得吃就很不錯了。」

「我們是不是該留點給布洛梅絲吃？」矮魔女問，黑毛魔女悶哼一聲。

「布洛梅絲看起來很好，她真的生病了嗎？」沒有後腦勺的魔女問，黑毛魔女踩住她的頭。

「沒腦袋的東西，說了也沒用。」

「其實她沒生病吧？」魔女發抖著聲音說，黑毛慢慢將她的頭踩進土裡，「要是被她傳染不是很糟……」

「當然沒生病啊，蠢蛋。」黑毛魔女說，「給我待著別動，等我說可以了妳才能出來。」

「如果有獵人或野獸來呢？」矮魔女問。

「我們很快就回來。」黑毛魔女笑道，和矮魔女離開。

艾爾看著那個頭埋在土裡的魔女。

魔女很可怕，魔女會吃人，魔女很邪惡，很久以前獵人們曾集結一起，想將魔女趕盡殺絕，他們獵殺了數萬隻低階魔女，數千隻中階魔女，結果某座森林的沼澤開始枯竭，樹木跟著枯萎，附近村子的牲畜接連生病，耕地長出的苗如粉末般脆弱。最後高階魔女出現，為了對抗而聚集的百名獵人不到二十名存活。若沒有拜勒斯幫忙阻止，也許會全滅。自那之後，獵人們就不再集體狩獵魔女。

除非是需要新的魔女頭，獵人才會主動接近魔女，而且要確定魔女使用的魔力和自己相同，再行狩獵。

如何確認魔女使用何種魔力，最快但也最危險的方法就是攻擊她們。

不過如果他現在冒然地攻擊她，很可能會把方才離去的魔女們引來。

只能打賭了。

艾爾從土裡出來，然後謹慎靠近對方，把她當成一棵樹，一根草，一個普通人，不讓自己的殺氣洩露出，緩慢地讓腳步，讓呼吸的節奏和拔刀的速度一致，兩眼完全不眨，就怕任何多餘的動作都會讓魔女察覺他。

忽地一隻桑白飛過眼前，艾爾不小心吸到牠飄散的粉末，雖然止住噴嚏，卻還是被發現了。

「溫頓絲？是妳們嗎？」魔女問，艾爾保持沉默接近她，「為什麼不說話？」

艾爾在魔女抬起頭的同時，在她驚恐的注視下，甩刀瞄準她的脖子，碰到的瞬間刀彎曲貼上，輕輕一勾，魔女的頭和身體便分開，半滴血也沒濺出，接著，魔女頭生出一層黑色的膜，漸漸變成一顆黑色球狀物，他將其扔進簍子，魔女的身軀開始腐爛，胸脯裂開，露出長約十公分的肉核，肉核上一雙血紅大眼驚恐地看他，若不毀了肉核，被砍下的魔女頭會爛掉，就無法用了。他不慌不忙劈開肉核，流出黑色的血。

稍喘口氣後，艾爾取出魔女頭，用刀切開一小縫，裡面浮出液體，可惡，不是土，這隻水魔女對他沒有用。

艾爾嘆了口氣，將魔女頭扔入簍子，投入漆黑的森林裡。

†

「妳想她會不會哭了呢？」溫頓絲說，「她哭的樣子可口多了。」

「妳要吃的話，能不能分我一口？」矮魔女問。

「別欺負的太過頭了。」波以娜不斷扶正歪斜的下巴，「那孩子不喜歡妳這樣對她們。」

「那孩子不喜歡妳這樣對她們。」溫頓絲怪聲怪氣地說，「都是被妳寵壞了才會越來越不聽話，不受控制。」

「比起其他低等魔女確實是無法控制，不過那孩子是真心對待我們。」波以娜說，「只要好好利用這點，就會成為可靠的同伴。」

「同伴？」溫頓絲不以為然，「有時候，我覺得那傢伙看我的眼神很可怕。」

「還不是因為妳偷襲過那孩子。」波以娜笑說，隨及皺起眉，「什麼味道？」

「不會吧？」溫頓絲加快腳步，到方才把同伴留下的地方，「難不成真的被野獸吃掉了？」

「雖然她是低等魔女，但還是能對付野獸。」波以娜說，「是獵人。」

「我們才離開沒多久。」溫頓絲嘆氣，「既然要被吃掉，還不如讓我吃呢。」

波以娜指向旁邊，某棵樹下有個不自然堆起的土堆，「看來剛剛他就在，只是妳們沒發現。」

溫頓絲低咒一聲，「狡猾的傢伙，竟然都等我們走了才下手。」

「嘿，聽聽妳說的。」波以娜說，「為什麼他等到妳們離開才出現？這不表示他無法一次對付妳們全部嗎？也許他只是打算躲著，但剛好有個低等魔女被留下。」

溫頓絲沉下臉，微笑，「我們非抓到他不可。」

三個魔女同時看向一旁，看著黑暗中露出的一張白色大臉。

「孩子。」溫頓絲故作悲傷地說，「我們的同伴被殺掉了。」

✝

艾爾跑了很長一段路，不時向後看，確定沒有魔女追上來，才稍微放慢腳步。

他感到口渴，卻不是想喝水，因為他用盡全力奔跑，魔力也即將用盡。

糟透了，糟透了！

得在這所剩不多的魔力用完前，盡快趕到赫納村。只祈禱不會再遇上魔女。只要簍子還在，他就不會死，不過沒有魔力時的感覺不怎麼好，看來只能暫時獵捕小型野獸，吃牠們的肉來緩和這難受的感覺。

艾爾手伸進簍子找了一番，取出之前從死去獵人那找到的蛋殼碎片。

只要去掉蛋殼上的薄膜，會散發特別的味道，尤其是羽足獸的蛋殼更明顯。艾爾喜歡這種味道，只要看到野獸的巢裡有已經破碎的蛋殼，他都會蒐集起來。

他不僅喜歡聞，還喜歡吃，雖然布南沒說，不過每次他吃蛋殼的時候，布南總是一臉不可思議地看他，他也沒見過其他獵人這麼做，或許這是有點奇怪。

艾爾滿心期待地咬下，在嘴裡嚼不到一秒，全部吐出來，哪裡有香味，完全是野獸屍體的味道，臭到他乾嘔了好幾聲。就算蛋殼放了許久也不該有這種味道，看來那個獵人收集蛋殼是作其他用途。

他又渴又沮喪，突然，前方樹叢發出聲音，他馬上警戒起來。只見前方的螢光食木在發光，他謹慎地靠近，看到一隻瘦小的尚姆，正奮力掙扎著。可憐的傢伙。

艾爾看著牠，慢慢走過牠眼前。

尚姆叫起來，他加快腳步走開。

然後回頭。

如果是布南，一定會救牠。

艾爾嘆了口氣，拔刀砍倒螢光食木，纏住尚姆的枝幹馬上萎縮，牠落地後走向他，在他腳邊聞起來。

他伸出手，尚姆靠近後咬了他一口，「可惡！」

尚姆飛快逃走。突地，他感到背脊一股涼意。

隱約看見穿梭樹林間的身影，說不定是剛才被他狩獵的魔女的夥伴。

他的雙頰在發燙，手心發麻。

魔女以極快的速度接近，艾爾清楚他現在毫無勝算，轉身快跑。

快到無法呼吸的程度。

艾爾腳程一直是村裡最快的，他以為一會便能甩掉她，但她不僅沒和他拉遠距離，反而還越來越近，而且，即使快到要追上他，他也沒聽見魔女喘半口氣，要是沒有看見那人形的黑影，他都不知道在追自己的是什麼。

艾爾拉高衣領遮住口鼻，避免魔女試圖用血味迷惑他。魔女逼近到兩、三步的距離，他舉刀，魔女也跟著揮動什麼，和他的刀相撞。

魔女的力道極大，他連連後退，彷彿看穿他的心思，魔女擋下他每個攻擊，她似乎不打算使用魔力，他覺得自己被看扁了。來到林子疏散的空曠處，月光下他看到一個細長的人影，一張面無血色的蒼白大臉，微笑的嘴角裂到臉頰邊緣，一雙毫無光采的眼，沒有耳朵，但真正讓他感覺有什麼不對勁的地方，是她的外觀，沒有花花綠綠東拼西湊的外皮，倒像是穿著一身整齊的黑服。

就像獵人一樣。

魔女感覺游刃有餘，艾爾卻已氣喘吁吁。聽到她發出低沉的笑聲，不禁一驚。

對將死的獵物一步步逼向死路，所以才笑的。

艾爾專注地看著魔女，突然意識到，既然魔女不使用魔力，在這個距離下，也許有機會用晝縛。

一個閃神，尖銳的物體劃過眼前，切開罩住鼻子部分的衣服，蒼白的月光照在艾爾臉上，他心想完蛋了，魔女卻動也不動，他朝魔女揮舞佩刀，趁魔女閃躲之際，從簍子裡取出黑色土塊，瞄準她的胸口丟去，土塊接觸到魔女的同時拉長，一端形成半圓，套住魔女的脖頸；一端分裂成三條線，牢靠地吸附在胸口，待他砍下她的頭，線狀部分就會抓住脫出的肉核。

艾爾準備好，魔女卻扯斷晝縛，他腦袋一片空白，魔女緩緩將手伸來，他趕緊潛入地下，迅速逃走。

少年達

艾爾像隻無頭野獸，毫無方向地在冰冷的土裡前進，直到感覺身體似乎被拖住，變得越來越沉重，趕緊衝上地面，頸部仍有種被勒住的異樣感，他奮力爬行一段距離後休息了會，聽見流水聲，緩慢起身，踉踉蹌蹌走到河邊，確認河水的味道乾淨，沒有雜質，表示這附近沒住多少魔怪，再把頭埋進去，大口大口喝下冰涼的河水。

雖然解除了身體的熱度，卻解決不了口乾舌燥的感覺。

左手背上的魔印完全消失了，不過比起無法使用魔力，他更在意剛才發生的事。

為什麼那個魔女能夠弄斷晝縛？

將紅山的土用大火燒至完全硬化，白天讓其吸收陽光，晚上淋上施過咒語的水，連續九十九天重覆這樣的動作，最後會變成黑色的硬土，再切割成方塊體，便是晝縛。晝縛只對庫耳曼有效，對其他魔怪和野獸來說，它毫無用武之地。

滿十歲的獵人初次對付的便是被晝縛套住、無法使用魔力的魔女，習慣魔女可怕的模樣，不被她們說話干擾心思，之後練習砍了魔女頭。最後的試驗是在沒有晝縛的情況下，取得魔女頭並毀了肉核，那顆頭象徵著獵人的第一次狩獵。

艾爾記得當時布南抓回來的是隻綠毛的低等魔女，來到訓練的最後階段，他一如往常順利取下魔女頭，結果要砍肉核時他猶豫了，差點讓魔女逃走，被剛好在附近的西恩解決，之後好一陣子其他獵人都拿這事取笑他。

艾爾從簍裡取出另一個晝縛，靠近左手時晝縛開始變形，套住他的手腕，他試著拉扯，用盡全身力氣，滿臉漲得通紅，晝縛卻紋風不動，一點被撐開或裂開的跡象都沒有。

他盯著晝縛一會，驚覺自己做了蠢事。

雖然用晝縛對付魔女很方便，但麻煩的是，晝縛同樣能用來對付獵人，差別只在於碰觸的位置。為避免被魔女發現，獵人在迫不得已時才會使用。看看他到底做了什麼好事。

聽說切斷手也有用，不過他可不希望因為流太多血吸引野獸或魔怪來，雖然他的復原速度挺快，但現在暫時不想冒這個險。他更不準備回去西頓村免得被嘲笑，他們一定會認為他是個大蠢蛋，只有笨蛋才會把晝縛套在自己身上。

只祈禱能遇上其他獵人，請對方幫他解開，可是最好不是西頓村的獵人，他可不想讓這件事變成笑柄。

艾爾爬到某棵枝節交錯的樹上，睜著眼直到天亮。

他摘取幾片周圍的葉子，吸取清晨的露水。接著取下簍子，用刀在刻了四條的直線上劃下一橫線。今天就是十五年前，他被紅毛魔女丟在西頓村的那個日子，布南把這天當作是他生日，每年一到這天，布南會在他的簍子上刻下線條。

好了，繼續趕路吧。

希望接下來會很順利，他跳下樹，接著往左邊一看，是那張大臉。

那張臉仍在對他微笑。

胃在翻騰。

魔女抓住她自己的下巴，然後掀起來，下面還有另一張正常大小的臉。

艾爾看著她，灰眼對著灰眼，黑瞳對著黑瞳。

她有著一張和自己一模一樣的臉。

艾爾剎那間想要大叫，她摀住他的嘴巴，作手勢要他安靜，那叫聲硬是吞進肚裡，產生一陣痙攣，她放開手，他馬上轉身跑開，卻被抓住簍子。

艾爾回頭，看著魔女。

或者該說，看著魔人。

魔人摘下艾爾的帽子，發出笑聲。

他死定了。

†

那是怎麼回事？

第三章 石

她們在腐爛的屍骸中發現他。

收養他的魔女分別叫做布洛梅絲、溫頓絲以及波以娜。紅髮的布洛梅絲，右半邊的臉是綠色，整體外形長得最像人類；黑髮的溫頓絲，腰部由三根骨幹撐著，脾氣暴躁，貪吃；同樣黑髮的波以娜，個頭最小，下顎老是長歪一邊，從小就是由她照顧他，並教導他如何使用魔力。

五歲那年，他和波以娜一起去打獵，第一次看到獵人的時候心裡很是激動，還以為遇到真正的同伴，結果獵人兇狠地要殺掉他和波以娜。當他看著波以娜吃掉那個獵人，喉間覺得有什麼隱隱作痛。

獵人的味道令他興奮，獵人的死亡令他難過。

他從小就發覺自己和布洛梅絲她們有不同之處。使用魔力時，手不會變形、不會化為魔力的一部分；她們會不定期的脫下舊皮囊，他到現在還未曾脫過一層；他不像她們那麼喜歡冬天和雨天，還得穿上波以娜的舊皮囊才不至於凍傷。

布洛梅絲認為他的五官長的太完整，為避免引起其他魔女注意，從小就讓他戴著一張魔女臉皮；當他的聲音逐漸變得低沉，身高和布洛梅絲差不多時，布洛梅絲讓他穿上獵人的服裝，讓他去引獵人或是普通人類上勾。

他一點也不喜歡那麼做，可是他也不討厭穿著獵人服。

他原本都和她們三人一起行動，聽從布洛梅絲的指示，當他使用魔力的技巧變好後就常單獨一人，巧妙地無視布洛梅絲要他去抓獵人的要求。原本他和她們多在夜間行動，單獨一人後，白天活動的時間便越來越長，他一直都想離開這裡，去那神祕又危險的庫耳曼之森，他和波以娜商量過，可是她說他這副樣子很容易被高階魔女盯上，而且如果他離開的話，溫頓絲會毫不客氣的吃掉那些弱小魔女，他只好說服自己打消這個念頭。

地上排放波以娜和溫頓絲方才抓回來的獵物，三隻貝洛洛一共有十六條腿，十二片翅膀，一頭死去一段時間的雙角野獸；此外還有一張扁掉的黑色人皮。波以娜分給魔女們一人一條腿，一片翅膀，半顆眼球，魔女們皆津津有味地吃起來，溫頓絲一把奪過人皮。

「妳怎麼自己先吃了？」波以娜冷眼看她。

「有什麼辦法，我已經很久沒吃到獵人了。」溫頓絲說著撕了一半給波以娜。

「我們都是啊。」波以娜撕開黑色人形，「吃嗎？利歐？」

利歐搖頭。

溫頓絲再次搶走，「挑食的傢伙，我看你們魔人就是因為不吃人才絕種的。」

利歐不以為意。

「那個小獵人真是愚蠢，硬是要拿回那個簍子。」溫頓絲說，「他害怕的樣子，看起來實在可口。」

「揹著那麼大的東西，行動起來一定很不方便。」波以娜說。

「但也因為這樣，我們才能抓到他吶。」溫頓絲笑說。

利歐看著躺在蜜葉上，奄奄一息的紅髮魔女，「布洛梅絲。」他輕聲喊道。

「別吵她，利歐。」溫頓絲伸手抓了抓細長的腰部，「她不太舒服。」

「為什麼？」

「我們也不知道。」波以娜說。

「布洛梅絲。」利歐上前。

「不，別接近她。」溫頓絲擋住他，「讓她好好休息就是。」

「她生病了嗎？」利歐問。

溫頓絲想了會，「是啊，她生病了。」

「有辦法解決嗎？」

「在克洛茲森林的南邊，有個石頭谷。」溫頓絲說，「下面有座沼澤，有種叫亞麻細亞的鰭足類，牠們沒有眼睛所以你一定認得出來，隨便哪個部位的內臟都可以，吃了就會好了。」

「我該怎麼去？」

「你要去嗎？」溫頓絲挑起眉，「那地方沒什麼樹蔭，夜裡空氣也太過乾燥，我們都不喜歡通過那裡，更何況你還只是個年紀不到我們三分之一的小鬼。」

「沒關係。」布洛梅絲說，「讓他試試看吧。」

利歐笑看著溫頓絲。

「先往西頓村的方向前進，你知道村子在哪裡，過村子後繼續往南，那裡就沒有森林了。」溫頓絲說，「我沒記錯的話，那片荒地有棵很大的比翠提圓木，反正就是最大棵的樹，看到它後往太陽升起的方向走就會到了。」

「盡量在晚上行動，或是在地下。」波以娜說，「要是天快亮了，就別接近森林的邊緣。」

「那不是當然的嗎。」溫頓絲說。

「看到沼澤後，別直接跳下去。」波以娜說。

「利歐不會有問題的。」溫頓絲說。

「我很快就回來。」利歐分別擁抱溫頓絲及波以娜，然後拍拍其他魔女的頭，「妳們要好好照顧布洛梅絲。」

「我們會的。」魔女們說。

待利歐走遠，溫頓絲轉向波以娜，雙手作出環抱的姿勢，「他到底是從哪學來這個？」

波以娜聳聳肩。

†

利歐來到克洛茲森林的中間帶，遠處的西頓村看起來和他的拇指一般大。

他還小時波以娜多次警告他不要試圖從地下接近村子，因為人類在土裡埋了會發出惡臭的東西，是人類為了防止魔女和部分野獸所做的，但她們都不知道那是什麼。他忍不住好奇心，偷偷去過一次，他潛到土裡，除了泥土本身的潮濕味，沒有特別臭的味道，只聽到像是沼澤浮出泡沫的聲音。

人類害怕魔女，他想是因為魔女長的很古怪。

還有，因為魔女會吃人。

利歐雖然已經不吃獵人，也很少和獵人正面衝突，但仍忍不住想去接近他們，想要瞭解他們。

隨著年紀增長，獵人會越來越高大，普遍不超過兩公尺；他們穿戴黑色的衣服和帽子，破了還能用某種液體補上；他們揹著黑色的簍子，這樣即使是白天，在這片黑色森林行動也有一定的遮掩效果。年少的獵人身邊都會有個較年長的獵人，有時也會看到差不多年紀的年輕獵人一起行動，但都不超過五個人。

波以娜說人類是在魔怪拜勒斯的幫助下，從魔女身上得到魔力。每次提到拜勒斯時溫頓絲總會用「那些好傢伙」來稱呼牠們。獵人狩獵魔女時，會用非常快的速度砍下魔女頭，然後毀掉肉核，他們將魔女頭收集到螺狀的簍子裡，他很想知道，為什麼獵人能夠砍下魔女堅硬如石的外皮，為什麼獵人只是需要魔女頭，為何要毀掉肉核殺了她們。

布洛梅絲說只有極少數的獵人擁有過人的魔力，大部分的獵人的自癒速度沒有魔女快，只要砍下他們的左手就無法使用魔力。

在西頓村，春天和秋天的時候，大批村民和獵人會離開村子前往農耕地，利歐原以為獵人也都住在村裡，但觀察一陣子後，發現他們會輪流看守村子和巡邏村子周圍，他見過獵人進去樹裡，從另一棵樹出來，他冒險去接近，結果什麼也沒找到，他不明白獵人是去了哪裡。

溫頓絲曾被獵人抓住，他們用某種東西套住她的頸子，讓她無法釋放魔力。獵人活捉她，似乎是為了讓年輕的獵人練習狩獵的技巧，他們不停砍下她的頭，到最後終於要殺了她時，布洛梅絲救了她一命，自那之後溫頓絲狩獵獵人時就非常不客氣。布洛梅絲說如果不幸被套住，就得用魔力解開，那也是為什麼魔女都集體行動。

和生在同個村子而成一族的獵人相比，魔女是憑喜好還有帶頭的階級來決定團體的大小。以前他身邊只有布洛梅絲、波以娜以及溫頓絲，後來陸續加入、退出、死亡，到現在有十二個同伴。除了波以娜、布洛梅絲和溫頓絲，其他都是低等魔女，除了她們三個之外，只有兩個魔女有取名，布洛梅絲和波以娜多用「孩子」稱呼她們，溫頓絲偶爾會用「屍體」或是「蟲子」。

他的名字是波以娜取的，他慶幸是波以娜取的。

離開克洛茲沼澤後，利歐連日連夜趕路。

經過六個晝夜交替，終於在第七天，他即將走出克洛茲茲森林。

儘管他常單獨行動，但都不會到太遠的地方去。

這是他第一次離開克洛茲森林。

不遠處前傳來腳步聲，他迅速爬到樹上，盯著前方逐漸接近的身影。

是個獵人。

獵人踏著不穩的腳步，數度停下喘口氣，看起來似乎很難受。

利歐忍住想去幫忙的念頭，當獵人來到腳下，他停止呼吸，緊盯對方，直到獵人走遠，他深吸口氣，跳下樹，繼續向前。

接近天亮時分，巡邏的獵人們都會準備回去村子，野獸魔怪們也回去巢裡，這段時間和黃昏一樣是最緊繃的時刻，一不小心碰到獵人就會展開一場追逐戰，但因為獵人幾乎都有固定的路線所以能避開。

利歐看著森林外頭的天空，黑色雲朵緊密地貼合，底層是較淡的紫灰色，當太陽升起，遮蔽整片天空的雲朵層層分解成塊狀，露出灰藍色的天空，落下一片陽光，逐步地、快速地照亮地面，四周寂靜無聲，搖曳的樹木皆靜止下來，只有他心中的情緒不斷高漲。

來了。

伴隨強風，從樹林的最外圍，高的矮的寬的窄的直的彎曲的樹木反射光芒，亮得無法讓人直視，光線整齊地向裡面靠近，利歐原本還面帶笑容，但隨著光越來越接近，笑容也越來越僵硬。

好像離得太近了。

光快速逼近到伸手觸及的距離，利歐彷彿聽見野獸的吼叫聲，他趕緊退後，仍是被照射到手和臉的部分，紫灰色的皮膚馬上如乾枯的樹葉般卷起，變得焦黑，剎那間，所有光線散去，只剩他自己的呼吸聲。

利歐看著自己的手，直到傷口復原。

魔女會在天亮前儘快回到森林，不過在通過森林邊界時還得小心光塵現象，低等魔女只要一被照到瞬間就會化成一陣煙。

重振心情，他繼續往前，眼前是廣大的灰色土地，稀薄的灰雲快速移動，矮木叢與細長、有著圓狀葉子的中型樹木零星散布，他想那就是溫頓絲說的比翠提圓木；巨大野獸屍骨上爬滿黑色的、沒見過的翅足類；再更遠些可以看到另一座森林，波以娜她們曾經在那裡住過一段時間。

地面被太陽曬得發亮發燙，那片陽光對利歐來說有如死亡的陰影。

等到晚上太浪費時間。

在地下行進的話，也許會錯過什麼有趣的事，而且在乾涸的土裡也不好行動。

利歐向四周觀看了會，接著盯著不遠處的某棵比翠提圓木，下方有幾棵和他差不多高的小樹，他潛到地底下，到了樹的下方再出來，他選了最小的那棵樹，樹幹比他想像中堅硬，費了一番力氣把它弄斷，放到背上，調整位置，然後用土吸附在背上來固定。

很好，這樣就行了。

利歐繼續前行。

躲在矮木叢裡、藏身在地面裂縫裡，不知是什麼樣的傢伙在注意他。

在炙熱的太陽底下行走不是什麼令人愉快的事，利歐慶幸來的是他，換作是溫頓絲她們一定無法忍受。

遠方出現一個黑點，慢慢接近成一片黑影，仔細一看是一群奪奪格拉。

利歐決定不要對上，筆直地陷進地下，只留下比翠提圓木的葉子在上面，靜靜等待牠們經過。

日光照在奪奪格拉方形扁平的面孔上，牠們那雙有如燄火般的紅色雙眼卻顯得無精打采，日光照在黑色厚實的背脊上，每一隻身上都布滿受傷的痕跡，皮毛也不黝黑美麗，獸爪也破損不堪，所有奪奪格拉都腹部腫脹。

有身孕了？

其中一隻走得特別慢，數度停下來。

利歐想了會，爬出地面，牠們看見他，沒有任何反應。

他走向那隻看起來快要倒地的奪奪格拉。

伸手。

「別碰我的東西。」

利歐回頭，身後站著一隻奪奪格拉，牠是牠們當中體型最大的，雙眼間有張少女的臉。或許是魔女，她那雙淡藍色瞳孔中，透出懷疑的目光。

啊，忘了把臉遮起來。

「我知道你不是獵人。」魔女說，「你也真夠可愛的，為什麼要揹著一棵樹呢。」

利歐沒有說話，只是用手指那隻已經口吐泡沫的野獸。

「牠會沒事的。」魔女說，奪奪格拉群繼續往前走。

利歐目送牠們。

藏在野獸的身體裡，這樣就不會被太陽晒到了，真是聰明。

是怎麼辦到的呢。

有機會再遇到那個魔女的話，也許他該問問她。

接近黃昏時，利歐總算來到溫頓絲所說的石頭谷。

與其說是山谷，更像巨大的洞，就算是白天，也看不出沼澤真正的色彩。

他深吸口氣，縱身一跳，急速落下，首先襲擊而來的是沼澤的濕氣，接著聽見一陣水花聲，陰冷的氣息包圍住他，他即時閃過一張呼著惡臭的大嘴，攀在一隻野獸的頭上，抓住牠頭部某個凹陷處，牠拼命甩動，其他野獸也不停撲上來，因為太暗看不清楚，他只能在感覺到壓迫前立刻反應，他不慌不忙的跳到旁邊，鑽進岩壁裡，腳險些被咬掉。

利歐待在岩壁裡，聽見並感受到牠們在撞擊，他思考一會，稍微向上一段距離再探身出來，他用魔力扭斷自己的右手，左手生出細長如藤蔓細長的魔力，纏繞在斷臂上，丟下去不久馬上感覺魔力被扯緊，他開始往上，直直衝出地面。

太陽還未下山，不過那橘黃、溫和的光線已經威脅不到他。

利歐看著抓到的東西，那凹陷的地方像是眼窩，只是沒有眼珠。

看來牠就是亞麻細亞了。

利歐用魔力纏住牠的頭部數圈，直到牠斷了氣。他從衣服裡掏出黑皮囊，挖出靠近肚子的內臟，全部放進皮囊裡。

除了低階魔女，魔女通常會吃掉自己的舊皮囊，也不喜歡自己的舊皮囊被其他魔女披著，就像露出頸背一樣，那是認同自己較對方卑下的行為，所以團體中只有領頭或地位比較高的魔女能夠這麼做。布洛梅絲也常囑咐說別隨便穿上落在林間的舊皮囊，如果是無主魔女當然沒問題，但如果不是，很容易引起團體間的紛爭。

波以娜說過，因為是他，她才願意讓他穿著她的皮囊。至於給他戴的魔女臉皮，曾是同伴之一，她們說她被野獸攻擊而死。

不穿波以娜的舊皮囊已有一段時間，利歐仍一直保留著，但因為沒有披在身上，皮囊就會慢慢化成黑色，他偶然發現皮囊內側的黑膜有著良好的伸縮性，能用來保存東西，不論活的死的。雖然他把這發現分享給布洛梅絲她們，她們一點興趣也沒有。

利歐走遠一段距離，想起什麼，回頭望向張著大嘴的亞麻細亞。

✝

利歐沒有照原路回去克洛茲森林，他不是不擔心布洛梅絲，只不過她看起來沒有病得太嚴重，所以他繞路到貝茲森林，但也沒什麼新鮮的，前往克洛茲森林的途中，頸背上像是被什麼物體吸附著，發出像脈搏的跳動。

他伸手一摸，這才想起這裡有塊像石頭的東西。

波以娜說當初發現他時，那石頭就在他脖子上了，好幾次試圖取下都沒成功。第一次溜進西頓村的時候，石頭像有了生命般傳來如脈搏的跳動，後來幾次靠近村子，都不再有變化，過了許多年，不知不覺就忘了它的存在。

他在奔跑。

他在追趕。

儘管不知道自己是在追逐什麼，就是覺得必須去。

前方傳來野獸的吼叫聲，他放慢速度。

定睛一看，是野獸帕德帕布和數隻魔怪西瓦特，身形扁長的帕德布體型要比西瓦特要大上許多，但被擁有寬大橢圓形外觀頭部的西瓦特包圍似乎小了一圈，西瓦特不斷用堅硬的頭部撞擊帕德帕布，牠背上的刺棘已斷了幾根。

利歐本來打算繞路，但注意到帕德帕布腳下有幾隻幼兒。

看來西瓦特是想吃掉牠和牠的孩子們。

他皺起眉。

波以娜說過這種魔怪的麻煩處，牠們也許不怎麼聰明，但很會記恨，對侵擾牠們的對象樣貌記得很清楚，雖然牠們所謂的報仇也許只是微不足道的惡作劇，但也曾有魔女因為太輕視牠們而致自己於死地。

利歐掀開面具，衝進他一半高的西瓦特群裡，牠們先是嚇了一跳，隨及對他又叫又罵，用頭撞過來，他避開，然後揮舞手移動牠們腳下的土，牠們被堆高的泥土給弄得東倒西歪，他輕拍帕德帕布，牠叫吼一聲，踏著沉重的步伐走離，幾隻魔怪想追去，他繼續揮動手，升起土牆擋住牠們。

這下，西瓦特全都盯著他看。

牠們看起來氣極了。

利歐往後退一步，忽地傻笑，牠們全部衝過來，他盡量不跑得太快以免牠們追不上而放棄，又回去找那隻帕德帕布。他與牠們保持安全距離，前方是長路特沼澤，他記得那裡有個落差。

他不時回頭對牠們招手，徹底激怒牠們，接著，即將來到落差處，他大幅地揮手，揚起一片土。

西瓦特衝出土牆後，不見對方的身影，牠們氣憤地尖叫起來。

其中一隻發現樹旁的地上有張魔女的白臉，手指某處，牠們便一齊跑過去。

待牠們走遠，利歐從土裡出來，伸手觸摸石頭，跳動還在持續，朝向某處時特別明顯，是帕德帕布離開的方向，他循著味道過去，在牠經過的路上，留下大小不一的血塊。

大概再過不久，就會有其他野獸被這味道吸引前來。

利歐加快腳步，很快就找到受傷的帕德帕布，牠全身的刺豎起，他咬住食指，散發香味，迷惑牠，好讓牠輕對他的敵意。

附近的獵人應該也發現他了。

利歐不打算消除香味，不是覺得來不及，就只是不想這麼做。

心跳得很快，他保持鎮定，繼續接近帕德帕布，牠不斷發出低鳴。

利歐停下來，往獵人看去。

一股殺氣。

似乎不只一個獵人。

他屏息以待，不過獵人們沒有進一步動作。

不攻擊他嗎？

帕德帕布走近利歐，他帶著牠離去，一邊回頭。

隱隱約約看到兩個人影，一高一矮。

他看著個頭較矮的獵人，直到他的身影沒入幽林。

†

帕德帕布死了，石頭恢復以往一樣的節奏跳動。

離開長路特沼澤後沒多久，牠斷氣身亡。

利歐懷中抱著牠僅剩的幼兒，牠緊閉雙眼，呼吸很微弱，他撫摸牠還柔軟的刺棘，覺得不能放著不管，便將牠放在黑膜裡。

要是帶回去布洛梅絲她們那裡，一定會被她們吃掉，利歐小時候已有過經驗。要另外找個地方安置牠。

走了幾天，到了克洛茲沼澤時，石頭跳動變得越來越明顯。幾乎是從體內，咚咚發出清楚的聲響。他很在意，但是他得先回去巢穴，結果回去巢穴前，他碰到波以娜和溫頓絲。

「孩子。」溫頓絲悲傷地說，「我們的同伴被殺掉了。」

「被獵人嗎？」利歐問。

「是的……」溫頓絲的聲音突然遠離，利歐將包有內臟的黑皮囊交給波以娜，轉身投入林子裡。

這次一定要找到。

他用最快的速度追趕，出了克洛茲沼澤，隱約看到獵人的身影，察覺他接近，獵人轉身跑走。越是拉近與獵人的距離，石頭傳來的聲響與節奏跟著越大越快。

就是他了，就是他了！

利歐見獵人轉身並舉起刀，他握緊亞麻細亞的巨大牙齒，向前揮砍，他沒有打算殺了對方，只是想試試牙齒的硬度。比想像中要堅硬許多，他笑起來。

獵人不斷被逼退，他們來到空曠的草叢，利歐用力揮過他眼前，劃開獵人的衣物，露出半張臉。什麼？

利歐兩腳像被吸附在地上動彈不得，獵人朝他扔出佩刀，趁他閃避時用土環套住他的左手，他一急便用手去扯，結果還真讓他弄斷了，見狀，獵人頓時愣在一邊，為了看的更清楚，他準備拉下獵人的衣服，結果獵人一溜煙鑽進土裡。

石頭仍在跳動。

「我會找個地方安置你，在這之前先忍耐點。」利歐對黑膜中的帕德帕布說，悄然無息地跟上。

利歐跟到河邊，看那個獵人在喝水，之後爬上樹歇息。

他突然想起來，剛才獵人沒用魔力對付他，但也不是很游刃有餘的樣子，是不是發生什麼了。

他以極輕的腳步到獵人休息的樹下，像顆石頭般靜待著不動。

石頭恢復平穩的跳動，而他的心跳還是很快。

獵人整晚都沒有動作，不過利歐知道他沒睡著，所以他也不掉以輕心。

就這樣懷抱忐忑不安的心情，迎來旭日。

利歐等獵人跳下樹，一見到他，獵人驚愕地瞪大眼。

為了不讓獵人又跑走，他趕緊摘下自己的面具。

灰瞳眼對著灰瞳，黑眼對著黑眼。

獵人嚇得要大叫，他只好摀住他的嘴，一會，當他放開手，獵人還是要逃跑，他只好抓住他的簍子。獵人僵持片刻，頭稍微側過來。

利歐摘下獵人的帽子，露出短而卷的白髮，不禁笑起來。

跟他一樣。

利歐拉下獵人的衣領，看他頸後的圖紋，是西頓村的。

石頭的跳動原來跟這個獵人有關。

獵人的膚色偏白、帶點紫色，完全跟他一樣，如此相像令他起了雞皮疙瘩。而獵人的左眼瞳孔是黑色，右眼是灰色，剛好和他相反，彷彿在照一面鏡子，只不過映出的臉充滿困惑與驚異。

為什麼這個獵人長得跟他一樣。

他既訝異又高興，困惑又興奮。

「我不會傷害你。」利歐說，「不過你得答應我不會逃跑。」

獵人看著他一會，緩慢地點頭，利歐交還他的帽子。

「我叫利歐。」他說，「你呢？」

「艾爾。」獵人戴上帽子。

「你要去哪裡？」

「赫納村。」艾爾說完一臉懊悔。

利歐看艾爾左手仍完好，一臉疑惑，「剛才為什麼不使用魔力？」這麼一問，艾爾臉色變得很難看，他看向艾爾背上的簍子，「你不是得到魔女頭了嗎？」

艾爾神情非常僵硬，利歐越發困惑，但現在不是追問的時候，雖然現在是白天，他還是擔心波以娜她們會來找他，要是她們發現無法使用魔力的艾爾，肯定會把他吃得一乾二淨。

那可不行。

「走吧。」利歐說，「去赫納村。」

艾爾疑惑地看他，猶豫了一會，無奈地跟上。

✝

布洛梅絲睜開眼，起身，分別拍拍躺在最左邊的溫頓絲及躺在最右邊的波以娜，向她們使了個眼色，悄悄離開巢穴。

站在不遠處，有隻野獸，牠慢慢轉過身，她們看見小臉，是不認識的魔女。

「有什麼事不能到晚上說嗎。」溫頓絲抱怨道。

波以娜看著魔女，她的五官非常端正，全身散發強者的氣息，她聽說越高等的魔女長得越像人，不過這個魔女身體是野獸的模樣，她就不懂了。

魔女滿臉笑容，很快打量她們三個，「很好，就妳們了。」

「有什麼事？」布洛梅絲問。

「要麻煩妳們幫忙。」魔女笑說，「親愛的夥伴們。」

「妳沒頭沒尾的在說什麼？」溫頓絲一雙眼瞪得要突出來。

「溫頓絲。」布洛梅絲低聲喊道。

「我們人已經夠多了，根本不需要妳，還不快滾。」溫頓絲說完，轉身的下一秒，一團黑霧掃過她的身，她的頭掉下來，肉核從裂開的胸口脫落，她驚慌失措的滾到布洛梅絲腳邊，不停顫抖。

魔女沒有離開原地半步。

布洛梅絲瞥了溫頓絲一眼，和魔女對視，「要我們做什麼？」

魔女眨了眨眼，從她身後的土裡接連冒出數隻奪奪格拉，牠們的毛色黯淡、體態臃腫、無神的黑瞳映著魔女們的身影。

「把牠們帶到東邊的約格魯山，在浮月沼澤那裡等著。」魔女對布洛梅絲說。

「去那裡做什麼？」布洛梅絲問。

「我會告訴妳們的。」魔女說。

「就這樣嗎？把牠們帶去那裡就行了？」

「一隻都不能少，要是少了，或是妳中途離開遺棄牠們，我會知道的。」魔女說，「另外一件事，就交給妳去做。」她指著波以娜。

「既然如此，我親愛的同伴。」布洛梅絲彎下身，撿起溫頓絲，「我也有個微不足道的小請求。」

「喔？」魔女感到興味地哼聲。

第四章 利歐

有句話說太陽升得越高魔怪睡得越沉，現在還不到中午，艾爾和這隻自稱利歐的魔人在森林穿梭，這魔人看起來一點睡意都沒有，而他感覺一切都是那麼不真實。

庫耳曼不定期會脫皮，脫下舊皮囊前，肉核會從胸腔中脫出，之後再生出新的皮囊，通常不會與先前的樣貌相差太遠。肉核本身有眼有嘴，各個魔女的肉核大小、形狀不一定，越高階的似乎越大越圓，而在力量提升時，新生的皮囊也會有所改變。

關於皮囊與肉核有這樣的傳說：庫耳曼以前並不像人類，而是更接近四足野獸的模樣，有隻魔力強大的庫耳曼在吃了千人之後長出似人的外皮，其他庫耳曼穿上牠不斷脫去的舊皮囊，漸漸地像人的庫耳曼增加了。不管事實為何，當有紀錄以來牠們已是現在看到的樣子。

而在幾百年前，有外貌與人類完全無異的庫耳曼，稱為魔人。魔人數量稀少，普遍階級都不高，在獵捕紀錄中指出，魔人的屍體不會誕生新的庫耳曼。或許因為外形更接近人類而受到魔女迫害，至今獵人們都認為牠們已完全消聲匿跡，但也有人認為牠們逃往北方，或是穿上魔女的舊皮囊掩人耳目。

若在皮囊完全腐爛前戴上，就會停止腐壞。曾有獵人披上魔女皮囊混入魔女團體，結果發生被獵人夥伴殺害的慘事，更不用說被魔女發現後的下場。

比起魔人為了避免被殺而扮成魔女的說法，艾爾比較相信魔人逃往北方，或是根本都被吃掉了。

雖然他喜歡觀察魔女，但那也是在有能力對抗或迴避的前提下。

如果魔人不是長得跟他一樣，如果他偶然發現這個魔人，他會很興奮，但突然見到有著和自己相同長相的魔人時，除了驚嚇之外，還能做什麼反應。

艾爾從其他獵人那聽說過，有些魔女會把獵人頸後的村章撕下來作紀念，那時魔人翻開他的衣領，他還以為魔人要撕下他的村章再殺了他，可是魔人沒有。

他不時向魔人投向觀察的目光。

暫時先把「為何魔人不殺了他」這討厭的問題放到一邊，對於從來都沒見過的魔人，說不好奇是騙人的，暫且不論長相，這個魔人身形比例完全與人無異，牠沒有魔女的鮮豔外皮，他確定牠穿了件黑服，可能是從某個獵人身上搶過來的，但衣服上又沒有那條顯示出自於何地的線紋，魔人腰上掛著某種獸類的尖牙，好像在模仿獵人的佩刀。牠的階級或許也不低，因為牠戴著其他魔女的臉皮。

艾爾有好多問題想問，不過想到西頓村獵人的規矩，想到布南囑咐他不要隨便接近魔女，不要和她們說話。

不過，就算現在和魔人說話，也不會有人知道。

「喂。」艾爾小聲喊道，魔人轉頭，他硬著頭皮問道：「你是團體的領頭嗎？」

「不是。」魔人說。

「那個魔女臉皮不是你的吧？」艾爾說。

「是死去同伴的。」魔人取下頭上的面具，遞給他，艾爾沒有拿，只稍微湊近看，「她們說我長得太像人，所以要我戴著。」

「可是你穿著獵人服。」艾爾說。

「最近才開始穿的。」魔人說著頓了頓，「以前我都穿她們的舊皮囊。」

這也是為什麼這麼多年來沒人發現魔人利歐，因為他作了偽裝。

艾爾皺起眉。

要是他們早就發現利歐，一定不會讓他留在村子。

可是魔人這樣明目張膽的和他行動，好像完全不擔心會被發現。

艾爾感覺簍子裡有什麼在動，正要伸手，魔人剛好回頭，他若無其事的假裝在調整簍子的揹帶，魔人繼續走。他小心把手伸進簍子，拿出紅瓶。裡面的卡葛動個不停，這表示有其他獵人的卡葛在附近，並準備向他傳達消息。不用想也知道一定是布南，他打開紅瓶，等待布南的卡葛接近。

找機會逃走，或是發出求救訊號，理智告訴他該這麼做，可是他卻想無視掉。

該不會無意間被魔人催眠了？

低階魔女無法催眠獵人，如果是被中階魔女催眠，只要吃些簍子裡的土就可以解除，但沒人知道被高階魔女催眠的話要如何解除，畢竟沒有獵人在被她們催眠後還活著回來。

艾爾從簍裡掏出土，一口吃下，濕冷泥土的味道讓人噁心。

過了一會，沒有感覺任何變化，可是這無法代表什麼，因為利歐很明顯就不是中階魔人。

話說回來，被催眠的話應該不會這樣懷疑吧。

從小學到的，獵人除了執行任務，不作多餘的事，不作多餘的思考，不干涉其他村子的事務，除了狩獵外，不得接近魔女，凡事以村子為優先考量，絕不相信人以外的傢伙，必要時犧牲自己的性命，因為保護人是獵人一生的使命；對於夥伴的死，他們不得懷抱感傷之意，因為這是個弱肉強食的世界。雖然他喜歡作個獵人，雖然他也認為保護村民很重要，不過他老覺得那些規矩綁手綁腳，尤其無法認同獵人們視死如歸的心態。

為什麼獵人必須為了其他人奉獻一生，艾爾不時會這麼疑問，但是和無法隨意離開的村民比起來，獵人還是要自由多了。

不知不覺中，魔人放慢速度，他不經意的看著魔人的頸背。

毫無防備，充滿破綻。

嗯？這不是個好機會嗎？

雖然無法使用魔力，而且沒摸清敵人的能力就出手是非常危險的，不過魔人認為他沒有魔力無法攻擊，大概也放鬆警戒，只要他好好控制呼吸的節奏，小心接近魔人，迅速拔刀取下牠的頭，然後毀了肉核。

對了，不知道魔人的肉核會不會跟魔女不一樣。

艾爾搖搖頭，現在不是好奇的時候，這悠關他的生死。

布南的卡葛來到腳邊，艾爾放低瓶子，現在沒有時間聽布南傳來什麼信息，反正一定只是來詢問他的狀況。

當然他也不會回傳給布南，他不能讓他們知道利歐的存在。

艾爾讓卡葛跳入瓶子裡，讓牠被他的卡葛吃掉，他迅速收好瓶子，來到魔人身後兩、三步。魔人回頭，向他露出和善的笑容。

艾爾瞇起眼，神情變得專注。

魔人繼續往前走，他稍微拉低帽緣。

機會只有一次。

他能做到。

真的能做到嗎？

本來因快走的心跳又跳得更快了，在這麼近的距離下，艾爾把目光放遠，不集中在魔人身上。他隨魔人一同攀上應是被野獸撞倒的樹木，魔人兩三步跳了過去，他費了一番力氣翻過樹，走了幾步後，無聲無息地拔刀衝向魔人，魔人彎下腰轉身，抓住他持刀的右手，魔人抓得又狠又急，骨頭發出破碎的聲音，他沒吭一聲，用力轉身讓簍子撞上魔人，魔人倒地後他馬上跳到牠身上，拔刀抵住牠的脖子，可是一看到那張臉，他猶豫了。

不知從哪來的念頭，他掐住魔人，一手抓住牠的下顎，試著拔起他認為會有的臉皮，卻發現更加驚人的事。

從魔人頸部肌膚傳來溫暖的體溫，還有規律的脈動。

牠有心跳？

魔人推開艾爾，他跌坐在地。

好啦，這下都結束了。

艾爾垂下頭。

「你以為這張臉是別人的？」魔人不悅地問，艾爾沒有抬頭，牠抓住他的手臂，將一臉錯愕的艾爾拉起，然後推開，「你到底在想什麼？」。

艾爾啞口無言地望著牠。

基於保護人類的前提，獵人若能更加了解魔怪或野獸，就能更有效地對付牠們，所以他們活捉魔怪和各類型的野獸，研究牠們的身體構造，時不時和其他村子的獵人交流研究成果。到目前為止他們捉回來的魔怪和野獸都沒有心臟，牠們的血都是黑色。而魔女體內除了肉核外沒有其他臟器，有些連骨頭也沒有，牠們的體溫非常低，像是冬天快結冰的河水。

艾爾很驚訝，如果利歐不是魔人，又會是什麼，可是利歐能使用魔力，這世上應該只有獵人和魔女能使用魔力，也許利歐是特別的，畢竟到目前為止獵人也不是非常了解魔女，更不用說可能已經消失的魔人。

彷彿什麼也沒發生，魔人仍走在艾爾前頭，似乎也沒有在警戒他。他們就這樣從早走到黃昏，接著迎來夜晚，灰色滿月高掛天空。魔人一直保持流暢的步伐，與走在後頭的艾爾不時拉開距離，他感覺疲憊，腳步漸漸不再輕盈。

那個時候猶豫了，要是對手換作是其他魔女，他一定會被殺掉。

魔人停下，艾爾反射性的往腰間的刀摸去，「你聽見了嗎？」

艾爾沒回答，只是和魔人一同向左邊看去。

隨聲音接近，他屏息以待。

透過林木間的藍白色月光，艾爾驚見樹木間晃動的巨大黑色身影，是一群奪奪格拉，估算至少十隻。年幼的野獸高度比他矮些，成獸大多都兩百公分左右，那看起來笨重的體型，行動卻非常地迅速，新手獵人容易因為判斷錯誤而惹了一身傷。

艾爾很少看到這麼大一群，如果是遷徙，牠們的步調也太過緊湊。

他正思考該往哪個方向避開，一頭幼年的奪奪格拉有如被一股力道吸入般衝向他和魔人，他和魔人分別往兩邊閃躲，他接著跳上迎面而來的幼獸，牠似乎完全沒注意只顧著奔跑，他回過頭，見魔人跳到另一隻奪奪格拉背上，但很快他的目光便轉移到後方，緊跟在後的是成年的雄性奪奪格拉，其中四、五隻跑著停下來，轉身對其他奪奪格拉吼叫，看來最後頭的那群不是這個家族的。

彷彿要把這片土地掀起來般，巨大野獸間的爭鬥充滿了破壞性，艾爾這時想到的不是逃離魔人，而是避開牠們，他得快點從這裡脫身，不過要是沒算好時機，被踩扁的機率很大。

「艾爾！」左後方的魔人喊道，艾爾瞥牠一眼。

追趕他們的另一方奪奪格拉已越來越接近，艾爾弓起身子向右跳，落在另一隻野獸背上，接著再跳到右後方的野獸身上，稍喘口氣，再繼續跳到下一隻奪奪格拉背上時，牠受到驚嚇猛地抬起上身，他被彈開，落地的時候右手直擊地面，以奇怪的角度折向一邊。

艾爾穿過混亂的場面，翻了幾圈後起身，踉蹌地跑開，感覺背後一股壓迫，他不多想馬上脫下簍子扔到旁邊，被野獸壓倒的瞬間感覺要把內臟都吐出來了。

艾爾試著掙脫，四周盡是野獸們的吼叫聲，地面接連傳來重物落地的震動，他繼續掙扎，感覺到上方的鼻息，他以為是另一頭野獸，結果聽見少女般的笑聲，頓時動也不動，慢慢抬起頭，野獸也靠得越來越近，在月光的映照下，他看見野獸身上的魔女臉。

「我們又見面了呢。」魔女歪著臉看他。

艾爾既驚恐又困惑。

「我說……」魔女話到一半打住，閃過從後方襲擊她的魔人，輕巧地跳到一邊，她看著魔人，又看著艾爾，彷彿明白什麼，嘴角要上要下的抽動，雙眼彷彿在發亮，「喔，那時遇到的是你啊。」魔女對魔人笑道，「別緊張，我不會傷害他，我不會傷害你們。」

魔人抬起野獸後拉起艾爾，艾爾雙腿有些發軟，魔人抓緊他，直視魔女。

「我要去從東邊的約格魯山進去庫耳曼之森，你們要不要一起？」魔女問。

魔人看了艾爾一眼，搖頭，魔女帶著那群奪奪格拉離開。

「你沒受傷吧？」魔人利歐問。

艾爾踱步到簍子旁，仔細檢查有沒有損傷，然後揹起，轉身，魔人正用巨牙從死去的奪奪格拉割下幾塊肉，接著打開黑皮囊，只見幼小的帕德帕布探出頭，牠咬下魔人手中的肉後迅速縮回皮囊裡，魔人利歐把皮囊闔上，放進衣服裡。

佇立在河邊兩側的納隆樹群大多不超過四公尺，除了密集生長的葉子外，還有許多從枝椏蔓生出、如絲般的柔軟鬚根，無風的時候看起來和枯枝沒兩樣，當風吹過，像數個魔女擺動手，突顯森林中陰冷的氣氛。

艾爾神情呆滯地走著，彷彿腦中充滿了想法，又好像什麼都沒法想，當納隆樹的鬚根貼上臉，他用骨折的右手拂去還一點痛覺都沒有。前方的黑色河水快的有如靜止，明明不是第一次過河，他卻突然忘記該怎麼做，雙腳該怎麼配合河水的速度施力，前後腳的距離該多寬，走沒幾步他馬上滑倒，魔人抓住他的簍子，拉著他一步步走到對岸。

那個魔女以為他跟利歐一樣是魔人，若沒有這樣的誤會，他早就被吸食或殺死了。

但利歐知道他是獵人，而且還是殺掉自己夥伴的獵人，他不相信利歐會因為他的長相放過他，那種理由太過愚蠢。而且他們也不是真的長得完全一樣，雙眼瞳孔的顏色相反，魔人身高比他高了些，聲音也比較低沉。

即使是被魔女帶去村子，即使長相有點另類一樣，艾爾從來不覺得自己是魔物，因為他從來沒有想吃人的衝動，也不渴求血，可是遇到利歐後，疑問彷彿在心裡生了根，開始萌芽。

萬一，真的就只是萬一，假使他和利歐真有血緣關係，造成這種差異的原因是什麼？

艾爾盯著利歐的背影許久，不經意說道：「你要不要把魔女臉戴回去？」

「為什麼？」利歐反問。

艾爾一時不知該如何開口，魔人當然不用擔心被獵人或他的魔女夥伴看見。

利歐看艾爾欲言又止，似乎明白了，「只要避開的話，就沒問題了。」

把魔女臉戴回去不是更快嗎，艾爾看魔人似乎沒有那個打算，有想揍他一拳的衝動。

「我想你應該也不知道，為什麼我們長得一樣吧？」利歐問。

艾爾猛搖頭。

「你肯定不是從殘骸中誕生，你有家人嗎？」利歐問。

艾爾搖頭。

對了，他是被紅毛魔女丟在西頓村，「你的夥伴中，有紅毛的魔女嗎？」

「有三個。」利歐說。

「她們有沒有對你說過什麼？」

利歐想了下，「不只是她們，我的魔女同伴們都認為我長得不夠古怪。」

看來不是，想弄清楚不是那麼容易的事。

艾爾有些苦惱，「對她們來說確實如此。」

「你去過庫耳曼之森嗎？」利歐問。

艾爾搖頭。

「約格魯山是進去庫耳曼之森唯一的入口嗎？」

「南邊還有另一個。」艾爾說。

「聽說那裡不論是白天或晚上，森林永遠是一片黑暗。」利歐說，「越是接近內地，越是沒有季節的分別，只有長久不變的冬日。」

「你沒去過嗎？」艾爾問，「你應該有很多機會去吧。」

「你要和我一起去嗎？」利歐問。

艾爾不知道利歐是不是忘了他們各自的立場，「沒有首領允許，我們獵人不能自作主張去庫耳曼之森。」

「那你和首領說一聲。」

「沒那麼容易。」艾爾想到自己的處境，變得有些煩悶，「你的夥伴會不會在找你？」

「可能吧。」利歐說，「別擔心，我不會讓她們傷害你。」

「是、是嗎。」艾爾乾笑幾聲，魔人利歐如此友善，他該感到不安，該懷疑或是害怕，可是他卻在想像要是魔女們出現，利歐會怎麼阻止她們。

「波以娜說很久以前，世上還有許多如山高大的巨獸。」利歐說，「雖然她說牠們都絕種了，可是我想牠們應該還在庫耳曼之森的某處。」

「你的夥伴中，除了你之外還有其他魔人嗎？」艾爾問。

「沒有，我也沒見過其他魔人。」利歐想了下，「話說回來，我們之前碰到那個披著獸皮的魔女，你覺得她為什麼要帶著一群奪奪格拉？」

「不知道。」艾爾猛然驚覺，那個魔女該不會要帶著奪奪格拉去攻擊村子吧。

「她看起來不像要去攻擊村子。」利歐說。

艾爾嚇一跳，還以為自己把心裡話說出來。

「那些奪奪格拉看起來也不太對勁。」利歐說，「不知道那個高階魔女打算做什麼。」

「你怎麼知道她是高階魔女？」

「感覺。」

因為是同類，所以感覺更敏銳吧，艾爾若有所思地哼聲。就算是經驗老道的獵人，也不一定能夠判斷是否為高階魔女。

要是高階魔女到來，不說埋在村子底下那些咒蛋肯定阻止不了她們，她們大概也不會從地下攻擊，這個問題明明很值得去擔心，他也向布南提過，可是布南要他別想太多。

也許庫耳曼之森有很多魔女喜歡吃的獵物。

除了人之外的獵物。

利歐將艾爾拉到一棵樹旁，讓他蹲下，「在這裡等會。」他說，艾爾不明所以，往前看去，有數個左右擺動的身影，是魔女。

利歐壓低身子，緩慢地靠近，趁她們不注意，揚起她們附近的土，魔女嚇得叫著逃跑。

利歐滿臉笑容回來，「沒問題了，走吧。」

艾爾握緊揹帶。

即使沒有魔印，即使無法使用魔力，和利歐一起行動，他暫時不用擔心會被魔女攻擊，真是太好了呢。

如果真的這麼想，他大概也無藥可救了。

†

嘖，還想看他們互相殘殺的。

第五章 簍裡魔 魔女頭

越接近克洛茲森林的邊緣，中型埃西亞行樹分布的越是疏散，漸漸由巨大的列斯敦直木取代，樹身大概是三、四人環抱那般粗，葉子只有手掌一半大小，陽光輕易穿過葉片間的細縫，照在不規則排列的巨木上，只產生更多的陰影。

利歐希望艾爾不要再試圖攻擊他，要是那時沒反應過來，他就會被砍下頭，看來艾爾不相信他們本來就長得一樣，還試圖拔下他的臉，實在讓他哭笑不得。

白天他都盡量挑不會碰到獵人的路走，晚上碰到魔女時，要麼不是帶艾爾避開，就是先去趕跑她們。

可憐被殺死的同伴，他當然難過，如果是平常，他會把對方痛毆一頓，說不定拆個手或腳帶回去給波以娜她們，但是看到艾爾的樣子，這種想法一消而散。

他知道艾爾充滿疑問，他何嘗不是。他一邊思考，一邊享受這奇妙的感覺。

「你……」兩人同時開口，利歐讓艾爾先說。

「你一直住在克洛茲森林嗎？」艾爾問。

「是啊。」利歐說，「你不常待在西頓村嗎？」

「小時候待過一段時間，後來常常在外地，偶爾才回去。」艾爾說。

「你不是原本就單獨行動吧？」

「最近才開始。」艾爾說，「你今年幾歲了？」

「大概是十五。」利歐說，「你呢？」

「十五歲。」

「你去赫納村做什麼？」利歐問。

艾爾沉默不語。

利歐看艾爾還是有所顧慮，他想除了繼續保持善意別無他法。

兩人走著，不約而同停下，眼前是一片列斯敦直木的殘骸，高不過兩公尺的新樹像是雜草般短小，接近中午，陽光穿透灰色天空直射下來，亮的地方更亮，暗的地方更暗，而森林的遮蔽就到此為止。

利歐抬起頭，今天的太陽似乎特別刺眼，和波以娜她們不同，他很喜歡陽光的味道，還有它帶來的溫暖。

不過要是曝曬其下，換來的只有痛楚。

來。

「要走了嗎？」艾爾小心地問。

「嗯，走吧。」利歐說，艾爾懷疑地看他。

艾爾走到太陽底下，回頭看他，「你該不會不怕陽光吧？」

「怎麼可能。」利歐看著在陽光下的艾爾，溫暖的光線穿過白色的髮絲，浸染他全身，不禁羨慕起來。

下一秒便僵住笑容，這是艾爾逃跑的好時機，雖然他能夠從地下追趕，然後把艾爾拖到地下，但要是那麼做，艾爾就絕對不會相信他了。

結果艾爾一直站在那裡。確定他沒有要逃跑，利歐有些高興，正要尋找大的葉子，注意到艾爾的帽子，靈光一閃，伸手從腳邊升起黑土，艾爾反射性地抓住刀柄，他只管繼續動作，讓腳邊的土浮起來，薄薄一層包住裸露的雙手和頸部，他將面具收進衣服，模仿艾爾帽子的形狀作了一頂，再稍微拉寬帽緣，因為穿的是獵人的衣服，所以被衣服遮掩的地方不怕被太陽燒傷。

艾爾若無其事的拍拍腰頭上的刀鞘。

一切都準備好後，利歐便覺得之前揹著樹的作法真是太蠢。

不過沒關係，只有他知道自己做過那種蠢事。

「走吧。」利歐率先躍上枯木，繼續往前，雖然他已經放慢速度，不過走沒多久，他就發現艾爾落後，而且看起來非常疲倦，他走向他，指著簍子，「那個很重嗎？」

「不會。」艾爾說。

「但你看上去很疲倦。」

艾爾無奈地聳肩。

利歐遞給他黑色的皮囊。

也許吃點魔女皮囊會好些？艾爾接過去，正要咬下，利歐阻止他。

「裡面有肉。」利歐說。

艾爾疑惑地撕開黑皮囊，一隻小帕德帕布探出頭，他嚇了一跳，利歐慌張地收起，拿出另一個皮囊，「抱歉，這個才是。」艾爾非常在意的樣子。

「我沒有要吃牠。」利歐解釋，「我會帶牠找到合適的巢穴，一定會有帕德帕布接受牠的。」

「這是什麼屬性的魔女？」艾爾問，「為什麼她的皮囊能夠裝東西？」

「跟屬性好像沒關係。」利歐明白艾爾的疑問，「波以娜她也不懂為什麼她的皮囊有這種作用。」

「牠在裡面不會悶死嗎？」艾爾問。

「好像不會。」利歐打開另一個皮囊，瞬間散發一股血臭，「吃吧。」

「還是不了。」艾爾一點食慾也沒有。

利歐瞇起眼，「都不吃的話，不會餓嗎？」

「還好。」艾爾說，「我們從魔女頭上獲得魔力，那樣就行了。」

原來魔力對獵人來說還有這種作用，利歐覺得很新奇，「你的右手到現在都還沒復原，是因為沒有魔力嗎？」

「是啊。」

「但你不是抓到魔女了？」

「她不是我要的。」艾爾聲音漸小。

「你是說，你們狩獵魔女是有選擇的？」

艾爾點點頭。

魔女之間的同伴意識和獵人不同，雖然她們也會保護彼此，但明白的說，她們是在保護自己的食物。

利歐越發好奇了，「既然你們能使用魔力，為什麼還要用刀？」

「用魔力很容易把魔女的頭破壞。」艾爾說，「用佩刀就能留完整的頭了。」

「但她們的皮不是比野獸還堅硬嗎？」

「這不是普通的刀。」艾爾拔出佩刀，在利歐眼前擺動，「這刀上下了咒語，所以能夠砍傷魔女。」

「你會施咒？」

「只有首領可以。」艾爾說。

「就像高階魔女那樣？」

「但我們首領不會把人石化或是變成樹木。」艾爾說。

「也沒有分階級吧？」

「當然不像魔女是依照強弱分別。」艾爾說，「獵人選出獵人首領，村裡會選出村長和長老，他們各自處理，有時也會一同協調村子的事務。」

利歐有聽沒有懂。

「不過對我們來說，村民是最重要的。」艾爾的語調變得毫無起伏，「獵人為了他們而生，能為他們而死是光榮的事。」

「是嗎。」利歐喃喃地說，「至少你們知道自己在做什麼。」

艾爾瞥了他一眼。

「波以娜說，庫耳曼本來不會使用魔力。」利歐說，「在世界起始之初，有兩個擁有魔力的巨大怪物，牠們從出生起就彼此爭鬥到死亡，死時屍體流向四面八方，侵蝕河水、熔岩，腐蝕土地、樹木，庫耳曼各自從這些地方獲得了不同型態的魔力。」

艾爾驚奇地望著他，「波以娜活很久了嗎？」

「也才快四十年。」利歐說，「我問其他同伴，她們都沒聽過這個說法，可是我想波以娜也不是隨便編出一個故事來唬人。」

誰知道呢，艾爾看利歐似乎很在乎這個叫波以娜的魔女，便沒說出口。

魔女的話，十之八九不能信。

「獵人是怎麼決定要使用什麼魔力的？」利歐問。

「大概是生來就決定了吧。」艾爾說，「不過我們不隨便使用魔力，不然就得常常狩獵魔女。」

原來獵人會限制自己，利歐想到怎麼吃也吃不飽的溫頓絲。

「你不介意的話，我想去那棵樹上。」艾爾指向左邊，那裡豎立一棵烏樹。

「做什麼？」

「你不會有興趣的。」艾爾見利歐不阻止，便快步走向烏樹，利歐也跟上來，到了樹下，艾爾從容器裡取出兩副鉤刀，一個綁在還有些鬆軟的右手腕上，一個拿著，插在樹上，開始往上爬。

利歐抬起頭，一接觸到光線，眼睛痛得要流血流淚，走到背光的地方，再次抬頭，看到樹頂有座巢，「你要偷蛋嗎？」

艾爾敷衍的揮手，爬到樹的一半，聽見利歐在呼喊，他沒理會，手一勾到巢的邊緣，便聽見翅膀拍動的聲音，一個陰影落在上方，他僵住身體，緩緩抬頭，和成年的羽足獸蒙朗互看，牠張著灰綠色的翅膀擺出攻擊的姿態，厚實且暗紅色的喙直對著他的臉。

利歐雙手貼在樹幹上，將艾爾的鉤刀從樹裡推出去，接著生出細長、深綠色的枝條，柔軟地纏成一團，一臉愕然的艾爾安穩地落在上頭，蒙朗俯衝而來，艾爾馬上起身拔刀。

利歐按下艾爾的刀，高舉手，朝俯衝而來的蒙朗發出猛烈的橘紅烈火，牠慌恐地迴避，他拉住艾爾跑起來。

見艾爾訝異的反應，利歐也不是不明白。像布洛梅絲她們，或是見過的所有獵人，都只能使用一種魔力。

忘了是什麼時候發現，他能夠使用不同性質的魔力。不過在布洛梅絲她們面前，他只使用土魔力，因為土魔力最常見，他也用的最得心應手。

蒙朗發出低沉卻刺耳的聲音，牠飛進巢裡，一會便靜下來。

「你沒有偷到蛋嗎？」利歐問。

「我只是要拿這個。」艾爾手直接穿進簍子，取出碎掉的蛋殼，將上面乾掉的黑膜剝乾淨後，吃起來。

利歐不打算問，自行從艾爾手中取了一片。咬碎的瞬間，冰冷的觸感在舌尖化開，變得溫潤、香醇。「好吃。」他嘆道。

「你覺得好吃嗎？」艾爾問，利歐點點頭。

「吃這個有什麼作用嗎？」

「沒什麼。」

利歐伸手，艾爾再給他一片，然後把剩下的丟進簍子裡。

過中午後，走到斷崖處，往左右延伸的斷崖，往下看不出深淺。因為全為亞婆列給覆蓋。

利歐聽波以娜描述過這種古老的植物，它們確切的外形不可得知，通常生長在黑暗、陰冷的地方，像是洞窟或是地表的巨縫。如藤蔓的枝節會伸長到地面上來，主要是吸食樹木，不過對任何會動的東西都會有反應，吃光附近的樹後，一部分會脫離去尋找新居所，剩下的則迎接死亡。

雖然被纏住也有數種方式能夠脫出，但能不被抓住是最好的。

利歐和艾爾站在離斷崖最近的樹幹上，前方有個由數根斷裂樹幹糾纏而成的木橋，利歐迫不及待地上前去，艾爾拉住他，然後指指下面，他盯著看一會，才發現那不是樹幹，而是亞婆列的枝節。

「原來是假的。」利歐有些不好意思，「還好你阻止我。」

艾爾愣了愣，表情有些複雜。

「不過，你不會好奇下面有什麼嗎？」利歐問，艾爾不太肯定的搖頭。

利歐抬起手，崖邊延伸出細長的泥地，他大步向前走，艾爾緊跟在後，才走沒幾步，尖銳的枝節從下方突起撞碎他做好的路，他輕笑一聲，抓住艾爾的手臂，往前一跳，落在臨時做好的立足點，跳上一個就做好下一個，剛跳下一個上一個馬上被破壞，他們在不斷竄出的枝節間跳躍、穿梭，好幾次都差點被抓到，他不禁發出笑聲，艾爾精神緊繃地看著腳下。突然，枝節數十條集結一起從兩人中間衝出，艾爾抽刀插進其中一根枝節裡，雖然沒被抓住，卻被往下帶。

利歐手中生出一團火球，朝艾爾腳邊扔去的同時，左手生出樹條抓住艾爾，火球燒斷亞婆列，他拉起艾爾，飛快地向上向前，眨眼間來到對面的陸上，也還不能歇口氣，只能不斷往前，直到離開亞婆列能觸及的範圍，回到黑色林子裡。

兩人各自靠在樹上，不斷喘氣，利歐邊喘邊笑著，艾爾邊喘著邊皺眉。

「你是第一次來這裡吧？」艾爾問。

「你怎麼知道？」利歐笑問。

艾爾差點沒垮下臉。

「你不知道赫納村要怎麼去吧？」艾爾說。

「我只知道要一直往北走。」利歐說。

方才利歐與沖沖地要衝到那座假橋，如果他不阻止，利歐就會掉下去，不過現在他知道就算利歐掉下去，也有辦法不被吃掉。

艾爾作了幾次深呼吸，盡量不讓自己顯得太急切，「你到底能用幾種魔力？」

「土，木，火，水和沼澤魔力。」

那不就是全部了嗎。

艾爾覺得頭一陣暈眩，彎下身，雙手撐在膝蓋上。

他一直覺得，是因為無法使用魔力，所以才變成這種狀況。

但現在他明白了，就算他沒有失去魔力，也不見得能對付利歐。

「你還好嗎？」利歐問。

艾爾瞥了利歐一眼，站挺身子。

不管是獵人或是魔女，都只能使用一種魔力。難道利歐是複身魔人？就像共用同一個身體的複身魔女一樣，其實牠體內還有其他隻魔女。

「我不是複身魔人。」利歐說。

艾爾嚇了一跳，這傢伙怎麼回事，好像真能猜透他的想法。

在五種魔力中，最麻煩的就是擁有沼澤魔力的魔女，說是沼澤魔力，因為釋放出的魔力像是散發黑色瘴氣的沼澤一樣。暫且不論階級，和其他四種屬性的魔女相比，沼澤魔女的數量最少，性格也更殘暴，總是單獨行動，因為牠們很難忍住不去攻擊自己的夥伴，其他魔女也怕她們。

艾爾從沒見過沼澤魔女，更不用說沼澤魔人。他也常疑問，雖然獵人從魔女身上獲得各種魔力，唯獨沒有沼澤魔力。

「你只能用一種嗎？」利歐確認似地問。

「廢話。」艾爾雖然也曾想像使用不同屬性的魔力，卻沒想過要是能使用兩種甚至以上的魔力，肯定很過癮。但他也清楚的看見，利歐使用土魔力時，他的手沒有與魔力化為一體，而是跟獵人一樣，從手上憑空生出。

艾爾看著利歐用魔力作的帽子，不曉得那能夠撐多久。

獵人和魔女都能用魔力作出物體，像是一棵樹或是一棟屋子，但無法持久。

「那是用來對付魔女的對吧？」利歐指著艾爾右手上的晝縛，「你為什麼戴著？」

「沒什麼。」艾爾一點也不想解釋自己做的蠢事，「你之前沒有使用魔力就扯斷了對吧？」

「沒有。」利歐抓抓頭，「她們說只能用魔力解開，我也覺得很奇怪。」

「是很奇怪。」艾爾用手拉扯，結果還是不行。

「讓我試試看。」利歐抓住艾爾右手上的晝縛，一用力拉扯，晝縛上就出現裂痕，然後裂開，落下。

「會不會是壞了？」

艾爾瞠目結舌地看著地上的碎片，「大、大概吧。」他收集碎片，然後丟進簍子裡。

「我能看她嗎？」利歐看著艾爾的簍子，「那個魔女頭。」

艾爾想他沒理由，也沒辦法拒絕，那是利歐的夥伴，被他殺掉的夥伴，他拿下簍子，取出魔女頭時，手竟然在發抖。

也許看到夥伴的慘狀，利歐會改變主意，殺了他，替她復仇。

艾爾瞥見魔女頭上嵌著黑色蛋殼，有點困惑，仍是把頭交給利歐。

不只是蛋殼，這顆水魔女頭似乎變小了，但他根本無法吸收水魔力。

利歐看著那顆已包覆一層黑膜的魔女頭，不發一語。

艾爾看著簍子裡，兩眼眨也不眨。察覺他的異狀，利歐也湊過來，朝簍子裡一看，有個和剛出生的嬰兒差不多大的紅毛魔女，她虛弱地張開眼，藍色的瞳孔，眼底盡是畏懼。儘管她的臉幾乎一半呈爛泥狀，不過不難看出，她長得和那個披著獸皮的魔女一樣。

這魔女是什麼時候進來的，而他竟然完全沒有發現，想著渾身起了疙瘩。

「我把她拿出來吧？」利歐問，艾爾僵硬地點頭，他抓住魔女的後頸，停了下，再小心提起，「妳聽得見嗎？能夠說話嗎？」

魔女張開嘴，吐出兩字：「達絲。」

「妳叫達絲嗎？」利歐問，魔女搖頭，「還是那個和妳長一樣的魔女？」魔女眨了眨眼。

「妳為什麼躲在艾爾的簍子裡？」利歐問。

「富格。」魔女輕聲說，「去找富格。」

艾爾皺起眉，「妳認識富格首領？」

魔女閉上眼。

利歐和艾爾互看一眼。

「你怎麼想？」利歐問，「為什麼她不是去找達絲，而是你說的富格首領？」

「我不知道。」

「他是哪個村子的？」

「赫納村。」艾爾發現利歐盯著他，「你不會是要我帶她去吧？要是被發現，我就麻煩大了。」

更何況他現在就陷在麻煩中。

「不然等她清醒點，再問她怎麼做吧。」利歐將紅毛魔女和魔女頭放回艾爾的簍子裡，直視前方。

艾爾往他的視線看去，有些樹看起來要膨脹些，是魔女待了一段時間，充滿濕氣的緣故。

「在這裡等著。」利歐說完便跑上前。

艾爾待在茂密的矮樹叢裡，看利歐跑了一段路然後倒下，動也不動，空氣中散發著好聞的花香味，沒一會，幾棵樹中探出魔女，她們半是好奇地接近利歐，在只剩兩、三步的距離時，利歐起身，迅速地輪流攻擊每個魔女，但又讓她們逃走，輪到一個頭大頸短的魔女，她被攻擊後想遁地逃走，利歐牢牢地抓住她。

艾爾看著利歐抓著魔女走回來，她惶恐地和他對望。

「拿去。」利歐說，「她是土魔女。」

「你怎麼知道？」艾爾問。

「直覺。」利歐說，「你不是需要魔女頭嗎？拿去吧。」

艾爾猶豫了下，拔刀砍下魔女的頭，然後捉住從胸口脫出的肉核，交給利歐，利歐表情有些僵硬，仍是張嘴將其吸食。艾爾看著他，注意到利歐是用臉上的嘴吸食，這倒是不稀奇，有些魔女習慣用肉核上的嘴，有些魔女則用臉上的嘴。

倒在地上的魔女身體漸漸變成黑色，而手中的魔女頭生出一層膜，用刀劃開一小縫，裡面裝的確實是土，放進簍子後不久，便覺得神清氣爽。

「這樣就行了嗎？」利歐兩眼充滿好奇，「這樣就能得到魔力？」

艾爾瞥了左手一眼，「沒有魔印還是沒有辦法釋放。」

「魔印？」利歐問，「那是什麼？」

艾爾伸出左手，「這裡原本有圓形的圖紋，也許你有見過？」

「我以為那只是某種標記，就像你頸後的圖案。」利歐說，「為什麼不見了？」

「魔力用盡就會這樣。」艾爾說，「我說過，我們獵人不像你們生來就有魔力，要像你們那樣隨心所欲使用，就得有魔印。」

「所以獵人不吃食物，而是靠魔女的魔力，要使用魔力，就必須有魔印。」利歐喃喃地說，「真不可思議。」

「我倒覺得挺麻煩的。」艾爾悻悻然地說，「還好我們不必脫皮。」

利歐抓了抓頭，「我沒有脫過皮。」

艾爾盯著他看。

「別那樣看我。」利歐無奈地說，「我知道這有點奇怪。」

「我什麼也沒說。」艾爾趁利歐不注意，迅速從簍子裡取了片蛋殼來吃。這不是他第一次經過大裂縫，但這還是第一次吃到蒙朗的蛋，因為布南先前都不肯在大裂縫附近停留太久。果然比起陸生野獸，羽足獸的蛋比較好吃。

「魔女頭一定要放在簍子裡對吧。」利歐問，「所以你們才要隨身攜帶。」

「是啊。」艾爾沒有看他。

「我就覺得是這樣。」利歐說，「真奇怪她們都沒發現這點，溫頓絲還覺得你們很蠢。」

艾爾悶哼一聲，「我看她們對吃人比較有興趣。」

利歐聽了臉色為之一變，艾爾意識到自己說了什麼，也不禁對利歐投以懷疑的目光。利歐別過眼，臉紅到耳根子，「我很久沒吃人，也不會再吃了。」

艾爾看利歐那般充滿罪惡感的反應，覺得很新奇。

他想利歐說的是真話。

艾爾抬頭看著上方，灰黑色的雲朵彷彿緊貼著樹群頂端，隨時都要滲漏下來。

「雨要來了。」

†

位在克洛茲森林北邊的俄華森林，在近百年前，俄華森林中間一帶發生大地震，位在其中的俄華沼澤乾涸後，其周圍的埃西亞行樹群枯萎，新長成的大多都是像列斯敦直木或尖葉系的樹木。

來到俄華森林後，艾爾一直都提心吊膽的，就怕碰上赫納村的獵人，結果應該比他更擔心的利歐卻只顧著欣賞這片無趣的樹林。雖然他們沒有遇上任何人，但誰曉得這分幸運能維持到何時。

大雨下了快兩天，為原本就沉重的夜晚增添更多沮喪。

雖然不必擔心衣服會被淋濕，但雨水拍打的聲音實在擾人，艾爾一點也不喜歡在雨天趕路，不過真正令他煩悶的不是這場雨，而是眼前的利歐。

一樣大小的魔女頭，有些獵人能夠發揮一般獵人兩倍或更多的魔力，而且也不容易感到飢餓，對獵人來說是最想得到的體質，像他就是如此。

如果說使用五種魔力，消耗的體力應該也會更多，但利歐完全沒在進食，之前吃的土魔女說不定還是在這路上唯一吃下的東西。而他在吸收魔力後體力恢復許多，從方才開始卻不斷和利歐拉開距離，見利歐又停下來等他，便一肚子悶氣。

艾爾試著安慰自己，畢竟利歐不是普通魔物，有這種差異也是沒辦法的事。

「赫納村就快到了。」艾爾說，「你該不會要跟著我去吧？」

利歐沒有否認，「看看魔女怎麼樣了。」

艾爾卸下簍子，兩人一同探進簍子裡，魔女仍緊閉雙眼。

看來水魔女頭會減少，應該是被紅毛魔女吃了。而他先前的土魔女頭，說不定也是因為她才減少的，但那樣說來，不就代表他在離開西頓村前，甚至是回到村子前她就在了？但他是絕對不可能帶著她進集會處的。

獵人為了確認魔女不會輕易闖入集會處做了實驗，將困在晝縛裡的魔女肉核放在簍裡，穿過集會處的入口時，獵人進去了，而簍子被擋在外頭，之後在魔女身上按下血印，結果一樣。

「看樣子你只能帶她去找富格了。」利歐說。

艾爾張大眼，「我怎麼可能帶魔女進去集會處？而且也沒辦法。」

「可以的。」魔女無力地說道。

「什麼？」艾爾突然不安，「妳知道我的意思嗎？」

魔女再度沉默。

「她這麼虛弱，不會惹事的。」利歐說。

「問題不在那裡。」

「如果你覺得向富格問清楚不是個好主意。」利歐說，「要不我們就直接去約格魯山找達絲吧。」

「啊？」

「你選一個吧。」利歐說。

為何他非得作出選擇不可，艾爾不快地想，但利歐的態度也不退讓，「我帶去就是了。」他無奈地說。

「好，我會回來找你。」利歐拍拍艾爾的肩膀，戴上魔女臉，往赫納村的反方向離去。

艾爾一時反應不過來，就這樣？他還以為利歐會盡想辦法和他一起去。

他在原地呆了會，先是以平常的步伐走著，接著越來越快，最後跑起來，就算離開森林，就算天空落下第一道陽光，他也沒有打算放慢速度，直到聽見身後傳來腳步聲，回頭，是兩個年紀比他稍長的獵人。

一停下來，他才發現自己的雙腳在打顫。

「你走的還真快。」棕髮獵人上下打量他。

「你該不會就是那個吧？」黑髮獵人說，「沒有被拜勒斯帶走的孩子。」

「啊，就是那個啊。」

艾爾有些惱怒，拉下衣服讓他們看頸後的村章，「我送你們獵人的屍體來。」

兩人神情嚴肅起來。

「你的指導者呢？」棕髮獵人問。

「我已經十五歲了。」艾爾說。

「跟我們來。」黑髮獵人說。

三人爬上小山坡，赫納村在這坡的下方，而他要去的是獵人的集會處，原以為他們也會將入口藏在某棵樹裡，結果他們走到坡頂，兩人各自咬破手指，往額頭一按，其中一個用自己的血在艾爾額上印下一指，接著兩人往前，憑空消失。

艾爾走到山坡的邊緣，往下一看，是村莊。

雖說這種高度摔不死獵人，但肯定會很痛，不過他真正該擔心的是簍子裡的紅毛魔女，要是她被擋在外頭，他就完了。

不管了，艾爾緊閉雙眼，往前踏出一步，眼皮外光瞬間成黑，他睜開眼，見下方冒出一小撮火光，不是魔力，只是普通的火炬。

真的成功進來了，艾爾不知該慶幸還是害怕，魔女究竟用了什麼方法。

「小心腳下。」棕髮獵人說，「你大概在想為什麼我們不用螢光食木吧？」

「為什麼？」艾爾正疑問這點。

「你應該也知道這裡發生過大地震。」黑髮獵人說，「我們赫納村附近的螢光食木都枯萎了，就算去別的地方取來，嵌進泥階裡，也很快就枯了，至於煤蟲，那些東西沒法離開棲息地。」

「明明只有一座沼澤枯萎，誰知道會改變這麼多。」棕髮獵人感嘆，「反正階梯數是固定的，走二十五階就到了。」

「我們已經走到第幾階了？」黑髮獵人問。

棕髮獵人愣了愣，揮動手中的火炬，「有這個不數也沒關係。」

走下最後一階，棕髮獵人推開門，讓黑髮獵人和艾爾先進去，赫納村獵人首領富格坐在一張用野獸骨頭作成的椅子上，年紀比費羅老上許多，每看一眼似乎就越顯蒼老。兩名獵人先後向他行禮，艾爾也向他行禮。包括首領在內，裡面不到十個獵人，猜忌、不信任、甚至敵意，各種目光聚集於身，艾爾早已見怪不怪，一直以來他都能平靜以待，可是現在他卻覺得渾身不自在，一定是因為他簍子裡的紅毛魔女，要是現在被發現，他一定會被抓起來。

啊。

艾爾驚覺自己做了什麼，不禁渾身一冷。

發現魔女的當下就該把她丟掉的，反正她不是利歐的夥伴，但是他覺得利歐不會讓他那麼做。可是他也沒必要聽利歐的。

富格輕咳一聲，艾爾回過神，原本聚在身上的視線稍微分散開來，「你是西頓村的獵人吧。」

艾爾走過去，一邊從簍裡取出紅布，雙手遞給首領，歲月在他臉上刻下一道又一道痕跡，深陷的眼窩，看不出任何情感。

艾爾盯著富格，當富格看過來，他又不自覺的避開。

沒辦法，不可能將紅毛魔女交給富格，還是丟掉吧。

「在哪裡發現的？」富格問。

「貝茲森林的長路特沼澤。」艾爾說。

「那樣的話，他的卡葛應該回來了才是。」耳際綁著辮子的黑髮獵人說。

「晚點我們再確認。」富格首領轉向艾爾，「雖然我們該拿些東西回報，但你也看得出來，這附近魔女不多，我們還得靠從遠方回來的獵人帶來魔女頭。」

「我們還想問你有沒有不需要的魔女頭？」另一名獵人問。

艾爾點點頭，獵人們露出笑容。

「你的魔印消失多久了？」富格首領注意到他的左手。

「差不多兩天。」艾爾下意識撒了謊，其實根本不止兩天了。

「你無法使用魔力，卻還能平安無事通過森林，真了不起。」首領讚許的說。

艾爾心虛地一笑。

誰會想到這全是多虧了魔人利歐。

富格首領把紅布交給旁邊的灰髮獵人，對著石桌比劃了下，桌面浮出一個圓形的台子，艾爾上前，將手放在台子上，首領拿出小刀，在艾爾手背上劃下十字，接著雙手放在離手背幾公分的上方，口中開始喃喃唸起咒語，傷口沒有馬上癒合，血向旁邊散開，圍成一個圓，接著向十字中心靠近，成一個左右對稱的圖形，形狀固定後，原本紅色的血慢慢變暗成黑。

艾爾再次向首領行禮，「謝謝。」

「這是我該做的。」富格首領說，「那麼，你帶來的那顆頭是什麼？」

「是水魔女。」艾爾拿下簍子，除了紅毛魔女外，也不能讓他們看到那顆土魔女頭。雖說魔印消失、無法使用魔力，也不是完全無法對付魔女，不過那也是本領高強的獵人才辦得到，他還只是個新手，就算他說這顆頭是他不靠魔力得來的，他們也不見得會相信。

艾爾小心繞過紅毛魔女和土魔女頭，手向裡面探。

一邊挖，眉頭也跟著皺起。

蒙朗的蛋殼減少，而黑色蛋殼變多了。

都變黑了？

「有什麼問題嗎？」富格首領問。

艾爾取出水魔女頭，在富格首領等人的關注下，小心將魔女頭交給富格首領，他們毫不懷疑這顆魔女頭原本就這個大小。

魔女頭減少是因為被魔女吃掉，蛋殼變黑又是怎麼回事。

「我這就告辭了。」艾爾說。

「一路順風。」富格首領說。

艾爾關上門，踏著僵硬的腳步向上。

在那麼多人的情況下，根本無法讓魔女和富格見面。不過就算只有富格一個人，他也很難啟齒，自己帶了魔女進來。

要在附近等，還是先去找利歐？順便跟利歐說清楚，他希望利歐以後還是戴著面具，不要被其他獵人看見，如果他能單獨出任務的話，偶爾見個面就行。

對了，不知道用卡葛吸利歐的血有沒有效。

艾爾走了幾步，停下來。

先不說紅毛魔女，黑色蛋殼似乎是那個死去獵人的，應該知會他們一聲。他轉身，往下一階，還沒踩穩，突然被什麼抓住腳，拉進土裡，全身瞬間被一股強大的力量擠壓，他迅速從簍裡取出紅瓶，打開蓋子。

†

這孩子把卡葛放出去了，得吃掉才行。

第六章 卡葛

利歐看著前方橫倒的腐木，嬌小的幼獸從腐爛的裂縫中探出頭，隨及縮回去。

那是帕德帕布的巢。

他從黑膜裡拉出幼小的帕德帕布，牠發出聲，他輕摸牠的頭。接著安靜且迅速地靠近，輕輕倚靠巨大樹幹邊，慢慢抬起身子，往樹洞看去，正好和一對大眼相對。

帕德帕布沒有馬上動作，因為牠正在下蛋。牠的腹部突起，黑色皮毛脫出裹著黑膜的蛋，牠看著利歐，發出低沉的呼聲，當牠注意到他手上的帕德帕布，馬上豎起背棘，他不慌不忙地放下牠，然後退到一邊去，刺棘仍持續搖動，牠先是嗅了嗅縮成一團的幼獸，然後用舌頭輕舔。

利歐放心地笑了，轉身準備離去。

走沒幾步，他回過頭，看著巢裡散亂的蛋殼。

†

利歐穿梭在林中，讓呼吸順著空氣的流動，讓腳步融入搖曳的樹葉聲中，走在前方要回村子的獵人完全沒有發現他，他與他們保持安全距離，來到今早和艾爾分開的地方，獵人們繼續向前，他轉向左邊。

不知道艾爾會在赫納村待多久，他決定先回克洛茲沼澤一趟，他想波以娜一定很擔心，另一方面他也不希望溫頓絲起疑心。

利歐思考著，之後要去找艾爾的時候得特別小心，不止是不能被波以娜她們發現，也不能被艾爾的獵人同伴發現。

地面突然浮出的黑色物體轉移他的注意力，那東西很快竄出地面，又鑽下。接著，另一個同樣是黑色的物體也浮出地面，體型大約是方才的兩倍。

前進的方向正好和他一樣。

利歐跟著那些黑色物體，牠們一會浮出地面一會又沉下，是沒見過的東西，不知是魔怪還是野獸，似乎沒有四肢，卻幾乎跑的和他一樣快。

他以為牠們是一起的，後面那隻大的試圖咬住前面那隻小的，接連幾次，最後成功咬住，接著，小隻的東西發出聲音。

利歐以為他聽錯了，再仔細聽，很像人的聲音，他抓住大隻的，持續壓迫牠，想讓牠吐出，牠仍繼續把小的吃下去，他只好用魔力將牠一分為二，小隻的掉出，他連忙接住，大隻的鑽到地下逃走。

這東西摸起來滑溜溜的，他拿牠靠近耳邊，想再聽一次，結果牠咬住他的手指，吸他的血，一會，牠跳下去，繼續往前奔跑。

少年達

利歐對這小東西愈發好奇，牠似乎精力充沛，用那麼小的身軀，用跟他一樣的速度日夜奔跑，而且一點也不在乎跟在後面的他。

又是另一個夜晚，眼前的景色配合月光宛如成黑白世界，利歐和牠來到亞婆列居住的大裂縫，先前和艾爾一起的時候，原本的那座橋不在原處。他好奇牠要怎麼過去，卻見牠筆直落下，他愣了愣，在崖邊等了會，突然，一根枝節衝上來，吐出那黑溜溜的東西，正好讓牠落在這一側，牠抖了抖，繼續向前。

竟然被吐出來了？

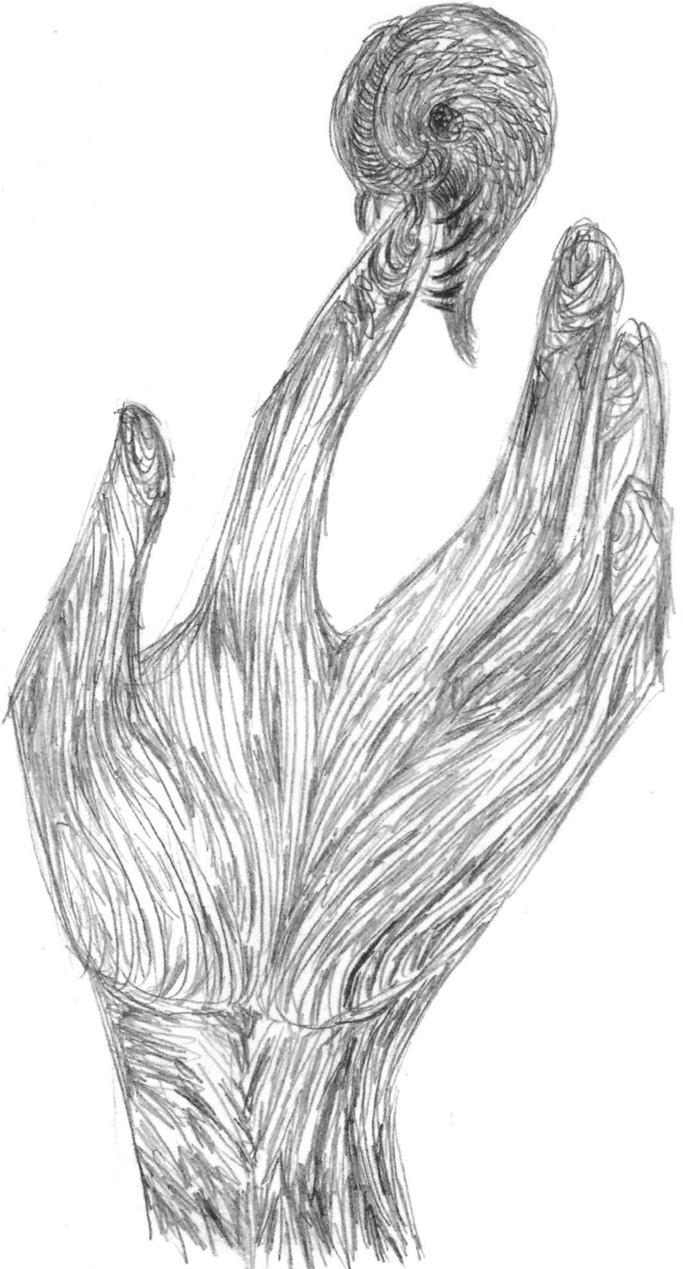

夜晚亞婆列的活動不像白天那般劇烈，雖然很快朝他伸過來，但很快又垂下去，利歐通過後繼續跟著牠，一邊猶豫要不要把牠抓起來，不遠處前的森林那頭傳來一陣騷動，黑色物體馬上鑽進地下，

「啊。」他懊惱的嘆道。

從延伸的陰影中出現的是眾多魔女們，矮小的魔女、細長的魔女，圓頭魔女、半顆頭的魔女，長手魔女、多眼魔女、三口魔女等，略數至少二十個。

在那些魔女靠近前，利歐戴上面具並放出香氣，她們經過他身邊避開，圍繞在她們周圍隱約混雜了腥臭、有如屍體的味道，她們的身軀和毛髮也幾乎要成為這片黑白世界的一分子，顯得黯淡。

原來如此，這些魔女們都餓很久了。

這些都是低等魔女，她們大概怕他攻擊。

「利歐。」聽見熟悉的聲音，利歐回頭看去，是波以娜和魔女們。

波以娜看見他先是驚訝，然後微笑。

魔女們圍繞在他身邊，對他掛在腰上的巨牙很感興趣。

「你竟然跑到這裡來了。」波以娜說，「你抓到那個獵人了嗎？」

「沒有。」利歐毫不猶豫地說，「有其他獵人出現，我就沒追下去了。」

「是嗎。」波以娜瞇起眼。

「布洛梅絲沒事了嗎？妳們怎麼沒一起？」利歐問。

「她好多了。」波以娜說，「溫頓絲留下照顧她。」

「利歐要跟我們去吧？」一個黑髮魔女問。

「去哪裡？」

「赫納村。」波以娜指向前方那些魔女，「她們的領頭說要去赫納村附近獵殺獵人，問我們要不要一起，布洛梅絲說讓這些孩子們試試身手。」

儘管戴著面具，利歐仍忍著不表現出訝異，「是高階魔女嗎？」

波以娜笑著點頭，轉身率先渡過裂縫，利歐幫忙那些低等魔女一起過去。

利歐很清楚波以娜要他一起去村子的用意，她要他一同參與狩獵獵人。

雖然波以娜對他很好，但她也從不放棄讓他吃人。

他想波以娜一定不知道為什麼他會願意去。

如果艾爾還在赫納村，或是艾爾在回來的路上，都很有可能會遇上。

他沒有理由阻止她們去赫納村，也不會阻止她們吃獵人。

但他不希望波以娜對艾爾下手，也不希望艾爾傷害她們。

利歐嘆了口氣，現在只能祈禱了。

天亮之際，魔女們在這片樹蔭不多的地方尋找躲藏點。波以娜找了一處潮濕的泥地，利歐雙手貼在地上，地面開始浮動，出現漩渦，最後形成一個口，魔女們依序進去。利歐最後一個下去，盤腿而坐。

伸手觸摸石頭，是規律的跳動。

利歐希望艾爾已經離開赫納村，只要想到她們可能會碰到艾爾，他就坐立不安。他拿出黑皮囊，取出先前在帕德帕布的巢拿到的蛋殼，開始吃起來，魔女們湊到他身邊聞了聞。

「你在吃什麼？」魔女問。利歐將蛋殼倒在手上，伸向前方，魔女們紛紛搶去，吃掉後，發出不滿的叫聲。

「別給她們吃奇怪的東西。」波以娜說。

利歐取出另一個黑皮囊，魔女們不停用手抓他，他把先前從奪奪格拉身上割下的肉分給魔女們，她們高興地吃起來。

「快休息。」波以娜說，「天一黑我們就上路。」

魔女們紛紛靠在利歐身邊，沒一會便安靜下來。沒有體溫的魔女，如石頭般冰冷，他伸手輕撫她們的背，粗糙的皮毛充滿不規則的紋路。

魔女換下的舊皮囊，或是死後腐爛的屍體，雖然紋路不會消失，但變得比較淺。而他唯一一次摸過獵人的，完全沒有紋路，光滑有如乾淨的水面。

不知過了多久，從遠方傳來的聲響，將利歐從淺眠中快速拉醒。

聽了一會，他知道是野獸，一群野獸。

他應該要繼續睡下去，腦海中突然浮現那個嬌小的紅毛魔女，然後是披著獸皮的魔女達絲。那時候真是好險，還好達絲以為艾爾跟他一樣是魔人，才沒有殺掉艾爾。達絲，還有紅毛魔女，還有富格首領，他們究竟是怎麼牽連一起。

†

這個時期白天來得比夜晚長些，不過黃昏時分的森林已擁有足夠的暗度，魔女們一個接一個從土裡，從樹身，從樹上，從石縫中出來，繼續往赫納村前進。

利歐和波以娜等魔女走在最後，他仔細觀察那些低等魔女，愈發困惑。為求自身安危，弱小的魔女都會尋求比自己高階的魔女保護，既然她們的領頭是高階魔女，應該有能力照顧好這些同伴，但她們個個身體瘦小，看起來隨時都要倒下，雖然分散行動是正確的作法，但她們完全不看彼此一眼，也不交談。

走著，前方的魔女們不約而同向右望去。

是一群帕德帕布。

牠們身上都有傷。

瘦弱的魔女們與負傷的野獸們沉默以對，各走各的路。

「波以娜？」托露等魔女皆一副躍躍欲試，波以娜才點頭，她們便像弦上的箭飛奔而去，其他魔女紛紛走避，帕德帕布張起背棘威嚇，但起不了什麼作用，她們各自用魔力合力翻倒野獸，然後伏在牠的傷口上，一邊撕裂牠身體，一邊吸食，隨著身體漸漸變黑，野獸的叫吼聲像是沉入水底，漸漸地不再掙扎。

利歐看著被魔女分食的幼獸，呼吸越來越慢。

不會的，不會那麼剛好。

「利歐。」梅特拎著體型最小的帕德帕布，「這個給你。」

利歐看著她懷中的野獸，當牠對他發出叫聲，身體變得僵硬。

他幾乎是用瞪的看著梅特。

「利歐不吃嗎？」梅特膽怯地問。

「不要的話，給那些可憐的孩子吧。」波以娜看著前方那些，用渴望的眼神望著他們的魔女們。

利歐沒吭聲，波以娜把幼獸扔過去，魔女們開始無聲的搶奪。

他沒有別開眼。

†

夕陽照在山丘上，赫納村的獵人們圍繞著方形篝，裡面放了許多木柴，一名獵人點燃火焰，年邁的富格首領將獵人的屍體放入，火燒得猛烈，周圍的溫度卻一點也沒上升，結束之際，原本紅色的火光漸漸變藍，散出數個小火光。

厄爾看著屍體化為灰燼，悲傷湧上心頭，儘管如此，他也沒流淚。

當獵人死去，他持有的卡葛會衝破紅瓶，回到首領身邊，告知首領死去獵人的名字，如果卡葛在一個禮拜內無法回到首領身邊，便會枯萎死去。因此對那些在遠地，尤其是到其他地區的獵人們，首領每隔一個禮拜就得對自己的卡葛喚名，確認他們是否還活著。

來自西頓村的艾爾約兩天前送來了他們夥伴的屍體，他聽過他，一頭白髮，左右眼的瞳孔顏色不一樣，被拜勒斯叼走後又放回來的孩子。他不知道西頓村的獵人是怎麼想的，不過他們赫納村的獵人認為這是個不祥的預兆。

就像死神一樣，傳達死亡的消息。

富格首領用自己的卡葛確認在南部行動的夥伴們，一共有三名死者，再取出三人的血瓶後，融在屍體裡的，是卡洛斯的血。

他還是無法相信，卡洛斯已經死了。

厄爾和卡洛斯相隔一天出生，他們經過測試都被認定能夠成為獵人，五歲時各自被帶出村子訓練。在七歲那年的秋天，魔女們趁村民收割時進行殺掠，他和卡洛斯的雙親都被魔女吃掉，他們被教導要堅強，儘管難過也不能哭出來，他記得很清楚，舉行葬禮的時候，彷彿是連他的分一起，卡洛斯哭的比誰都還要大聲，那讓他心裡舒坦許多。

當他們十五歲時，富格首領將他倆安排一起執行任務，他和卡洛斯個性截然不同，他很多慮、凡事都要三思才後行，卡洛斯則是個大而化之的人，比起老是止步不前的他，卡洛斯富有冒險精神。就算後來各自單獨行動，他們也一直保持聯繫。年初時首領召回所有獵人，準備選出下任的獵人首領，他和卡洛斯都是人選之一，結果被選上的是他。

幾天前收到富格首領傳來的信息，首領認為自己來日無多，所以要他回來準備接任，回來時卻得知這個噩耗。

厄爾怎麼也沒想到，他們上禮拜才用卡葛聯繫過，而那竟然是最後一次。

火化儀式結束，厄爾和其他獵人回到集會處，和厄爾同樣外地回來的獵人們各自進行武器和簍子的維護，或是稍作休息。

景物依舊，但熟悉的人已不再。

厄爾坐在首領對面，眉頭深鎖。

「你還好嗎，厄爾先生？」耳邊綁著小辮子的貝李問道，「你臉色不太好看。」

「我沒事。」厄爾說，「我只是在想，卡洛斯死了，他的卡葛卻沒有回來。如果是在貝茲森林遇害，他的卡葛應該會和西頓村的艾爾差不多時間到來。」

「我也這麼認為。」貝李說。

「雖然牠們速度夠快，但還是有可能不小心被魔怪或野獸吃掉。」奧休說。

「可是……」

「夠了，厄爾。」富格首領說，「我從不反對獵人多作有益的思考，像是該怎麼更有效地狩獵魔女，但我們不該，也不必去思考死亡這件事，當我們成為獵人的那一刻起，死亡便常伴我們左右。」

「我知道。」厄爾壓抑著聲音說。

「尤其你又是下任首領。」富格首領說，「你必須比誰都還要冷靜。」

「你是說冷酷吧。」厄爾說，富格首領皺起眉。

「抱歉。」厄爾起身。

「你要去哪裡？」首領問。

「只是在附近走走。」厄爾說。

「別去太遠了。」首領道。

厄爾對首領行禮，到外頭，一陣清爽的風吹來，風中彷彿夾帶絲絲細語，擾亂他的思緒。

他從沒聽過有誰的卡葛被吃掉，而他擔心的是，卡洛斯是村裡身手最好的獵人之一，是什麼樣的魔女能殺掉他，想到就一陣惡寒。

難道是殺了卡洛斯的魔女吃掉他的卡葛？

為什麼吃掉卡葛，為什麼殺掉卡洛斯，他反覆想的都是這些。

獵人狩獵魔女，魔女捕食獵人，這是個弱肉強食的世界，對於死去的夥伴，他們只須致上哀悼，僅此而已，身為獵人，他們從小就接受這樣的思想。

厄爾當然也希望是自己想太多，因為他還無法接受卡洛斯死亡的事實，如果當初被選上成為下任首領的是卡洛斯，或許卡洛斯就不會死了。

厄爾進了森林，往南邊看去，一邊加快腳步。

果然還是得去一趟。

如果能趕上艾爾就好了，他想要親口問問一些事。

厄爾保持快步調，不到半個鐘頭，他察覺到什麼，放慢速度，最後停下。

上次經過這一帶是上個月，天氣正逐漸回暖。

但這股不尋常的陰冷感是怎麼回事？厄爾仔細觀察四周，接著盯著其中一棵針樹。

現在還是白天，樹身卻覆上一層水氣。

他那瞬間立刻意會過來。是魔女。

在那棵樹的下方有不止一個魔女，所以樹受到影響。

要去抓嗎？

厄爾正猶豫，很快，他便發現濕氣特別重的不止那棵針樹。

三棵、四棵、六棵。

厄爾沒有繼續算下去，他不動聲色地轉身，回去赫納村。

雖然不知道為何聚集於此，但今晚似乎有的忙了。

第七章 夜襲

天才剛暗下不久，空氣中還殘留著太陽的味道。
利歐從洞裡拉起最後一個魔女後，把地面恢復原狀。
魔女們個個躁動不已，口中呼出血的氣味。
只有利歐一臉凝重的注意四周。
太過安靜了。
頸背上的石頭，有如呼應心跳般的微弱跳動。
看來艾爾還在赫納村。
他必須在她們之前找到艾爾。
「她們的領頭什麼時候會出現？」利歐問。
「再等等吧。」波以娜說，「利歐先去探路，看有幾個獵人在附近。」
「好的。」利歐還擔心要是他說要先離開是否會很可疑，波以娜主動提議真是太好了。

「要是遇到獵人，你知道該怎麼做吧。」波以娜說。

利歐看著她，點頭。

他希望波以娜沒有發現他急切的動身，短短一個呼吸間，他超過走在前頭的所有魔女，她們嚇了一跳。

他跑得極快，越是接近山丘，石頭跳動的反應越明顯。

他在思考，如何才能不驚動其他獵人找到艾爾。

如果用血香催眠獵人，也許能讓獵人去把艾爾找來，不過首先他不知道怎麼做，而且也不一定能找到適合的獵人。

到底該怎麼做。

利歐太過專注，以至於看到右前方突然出現的黑影來不及躲避。

「夥計。」男人小聲呼喊，「快過來，別在那邊晃悠了。」

利歐趕緊撇頭掀開面具，獵人靠近他，他有些緊張。

獵人靠近他後面露驚訝，「是你？你怎麼回來了？」

利歐馬上反應過來，這個獵人把他誤認成艾爾。

接著，頭皮整個發麻。

「回來」是什麼意思？艾爾不是本來就在這裡？

「原來如此，是簍子啊。」獵人說，「你還真慘，先是是魔印消失，這次還丟了簍子。」

利歐什麼也沒說，默默跟著獵人爬上山坡，走到坡頂，往下一看，是漆黑一片。

黑髮獵人咬破手指，在利歐額頭上印下一指，往前踏出一步，利歐還以為他會掉下去，結果獵人憑空消失。

利歐半信半疑地伸手，頓時感覺到一股冷風，手像是被截去一半消失不見，他動了動手指，發現是視覺上的錯覺。他屏住呼吸邁步向前，前方一片漆黑，突然踩空，但他即時站穩，然後慢慢走下階梯。

原來獵人住在這種地方。

這往下的階梯到底有多長？

他實在好奇他們是怎麼建造的。

獵人有規律的腳步聲，突然變換節奏，利歐再次踩空，直接撞上獵人。

「抱歉。」利歐說。

「沒關係，我該再次提醒你是二十五階的。」獵人說，打開一扇門，裡頭傳來溫暖的光線。

裡面非常寬敞，中間擺放一塊巨大的圓形石頭，左邊牆上掛滿各種野獸的頭骨，向內凹陷的隔層整齊排放不同大小及形狀的容器，仔細一看容器是透明的，裡面似乎裝著液體，如人類的血般紅，如森林的夜般黑，如魔女身上的各種顏色繽紛，有些似乎還有活體，來回游動，右邊牆上掛著浮月形的刀，還有一些他沒看過的金屬器具。

獵人轉過頭來，利歐收起自己的訝異反應。

「那是什麼？」獵人指著利歐頭上的面具，利歐先是一愣，拿下給他看，「原來如此，是為了騙過魔女嗎，真是聰明。」

利歐沒接話。

「你也知道，現在不是魔竹的產季。」獵人指著最下方的隔層，和利歐一起拖出半身大的葫蘆狀褐色容器，「你真走運啊，這裡還剩一些，沒有簍子你肯定撐不過三天的。」

那是什麼意思？

疑問不斷堆疊，如果問了獵人會懷疑，而且現在有更重要的事要做。

利歐走到用獸骨作成的椅子後方，手貼在牆壁上，「這裡面是什麼？」

「儲藏室。」黑髮獵人小心地取出青黑色的植物，「我們將野獸屍體存放在甕裡，製作出一種類似草藥的塗料，只要抹在魔女頭上，多少能減緩魔女頭的消耗，像我們這種魔女數量稀少的村子也只能這麼做了。」

「裡面有人。」利歐說。

「你在說什麼，現在大家都在外面。」獵人說，「話說你差點就壞了我們的好事。」

「什麼好事？」利歐轉頭看他。

「這一帶的環境不適合魔女居住，所以我們得常常到遠方去狩獵魔女。」

利歐不安地等待獵人把話說完。

「厄爾先生發現有群魔女正往這邊來。」獵人說，「所以我們設好埋伏，來個一網打盡，你那樣突然跑過來會驚動那些魔女的。」

利歐覺得一陣頭暈目眩。

得抓緊時間了。

他雙手貼在牆上，牆面產生數個波紋。

「你在做什麼？」獵人抓住他，接著瞪大眼，「為什麼你還能使用魔力？」

利歐不理會他，繼續推開這面牆。

「你的服裝好像也不太一樣……」獵人聲音越來越小，「你不是艾爾吧。」

利歐沒有回應，獵人拔刀朝他揮砍，牆面突起細長的土刺，獵人閃開後再次衝過來，他一把奪去他的刀，折成兩半後扔向一邊。

「滾開，不然宰了你。」利歐眼神充滿殺氣。

獵人倉皇逃走。

利歐穿過牆，裡面有個狹窄的長廊，他走到盡頭，穿過右邊的牆，來到一個四方形的空間，裡面只有數個大甕，他抬起頭，高舉手，頭頂上方的牆面開始旋轉，他感覺和某股力量在拉扯，咬緊牙，整個人向後退，如鐘乳石垂下的土中冒出一頭白髮，然後是整個身體，他上前抓住少年的肩膀，將他拉下來。

「艾爾？」利歐輕輕搖晃艾爾，一點反應也沒有，艾爾的體溫像魔女一樣冰冷，他將手放在頸邊，但他太緊張了，不管怎麼摸都找不到脈搏，於是貼在胸口上，隱約聽見心跳聲。

就跟石頭傳來的一樣慢。

利歐將艾爾扛在肩上，起身時突然失去重心，四周的景象在扭曲、擠壓，他穿過不斷縮小的長廊，密合的牆差點夾住他，他趕緊推開往階梯的門，晃動越來越劇烈，衝出去時，一道閃光揮過，即便他側身也會被砍到的距離，卻沒有砍中他，棕髮男子接住從空中落下的球狀物後收進簍子裡，跑向他。

利歐戴上面具，二話不說轉身跑走，男子不斷追趕。

「等等！」男子喊道。

利歐腳邊冒出柔軟樹根要抓住他。他放出火牆阻擋，一邊用木魔力將艾爾捲起成繭狀，「我很快就回來。」安慰自己般地說道，將艾爾拋至樹上後，從艾爾身上的魔力長出樹葉作為遮蔽。

希望還來得及，利歐從沒如此慌張過，他擔心波以娜她們，也擔心奄奄一息的艾爾。四周瀰漫殺戮之氣，前方躍動數個身影，然後是獵人的呼喊聲與魔女的叫聲。

利歐認出幾個魔女的聲音，跑向她們，身材高瘦的獵人砍下其中一個魔女的頭，並準備破壞從胸腔露出的肉核，他手中生出火團，分散那個獵人的注意力，但同時也吸引到附近的獵人，他搶走魔女的肉核，獵人們的攻擊接踵而至，一道水波、一團火球，地面冒出泥手，他分別用藤蔓斬斷、用水牆擋下，然後跳起，一個獵人也跟著跳上泥手，拔刀揮來，他拔出巨牙抵擋，頓時聽見裂開的聲音，獵人近看他後，露出困惑的神情，利歐用力推開，兩人分別落在兩處。

「小心，是複身魔女！」獵人喊道。

「那就快把她們分開吧。」另一個獵人說，「真糟，我跟你都是吃木的。」

「誰先搶到就誰的。」

利歐沉住氣，很快確認自己現在的處境。

左邊兩人，右邊一人，前方一人，後方一人。

「拿下了！」一個頭高大的獵人從利歐正上方衝向他。

利歐稍微側身，在獵人還未落地前，他抓住他的左臂，將巨牙刺入手腕繞一圈，摘下獵人的手掌。

利歐從他眼底看見憤怒與恐懼，他把獵人的左手扔向跑向他的其中一個獵人，對方馬上拔刀。

「住手！」斷了手的獵人叫道，「那是我的手，混蛋！」

利歐迅速下沉。

「她要跑了！」「快追！」其他獵人喊道，一名獵人跳水般跳進土裡，緊追不捨。

梅特的血散發腥味與香氣，以至於獵人仍能找到他的位置，利歐將肉核形態的梅特翻過來一看，有個大傷口，血流如注。

「利歐？」魔女虛弱地發出悲鳴，「利歐，我們……」

「波以娜呢？」他問。

「她離開了。」梅特說，「在我們被包圍前不久。」

什麼？

「利歐。」

「撐著點。」利歐咬破自己的手，讓血流入她口中，魔女稍微睜大雙眼。「妳會沒事的。」

「我們本來還希望……」魔女語調漸輕，身上顏色越來越深。

「別再說話了。」

「利歐會離開布洛梅絲她們，然後我們都要跟著你。」

利歐皺起眉。

「真奇怪啊。」魔女身上的顏色漸漸變成灰色，「明明一天到晚都擔心會被溫頓絲吃掉，但現在我希望你吃掉我。」

魔女的氣息如同黑色的血般，從他手上慢慢流盡。

滿滿的香氣撲鼻而來，化為腐臭而去。

利歐握緊手。

綁著辮子的黑髮獵人逼近，兩手冒出水繩將利歐綑綁起來，開始勒緊他。

「奇怪？」獵人自問，通常這麼做就能把其他魔女頭擠壓出來。

水繩越纏越緊，骨頭喀喀作聲。

利歐感到難以呼吸，但不是獵人的攻擊，是因為梅特她們的死。

「你們是串通好的嗎？」利歐低聲問，獵人沒回答，繼續纏緊他，接著，獵人打算帶他到上面，利歐身體傾倒一邊，急速向下墜落，獵人被他拉著跑，他不斷向下，快得像要將四肢都甩開般，不斷向下，獵人的臉先是漲紅，然後慢慢發青，最後鬆開手，趕緊遠離朝上。

利歐閉上眼，四周靜得只聽見自己的心跳聲。

厄爾捍碎白色球狀石頭，以順時針劃一個圓，冒出一團白煙，眨眼間出現一道門，隨著煙霧散去跟著消失，他身後是三位年輕獵人。

「抓到了嗎？厄爾先生？」路特問，「那個……魔人？」

厄爾搖搖頭，把將集會處恢復原狀後，他和丘茲、葉坦及路特一起進去。

「看你做了什麼好事。」葉坦說，「只是要你好好看著集會處，為什麼這麼簡單的事你也做不好。」

「要是你們也看到他的樣子，你們也會做一樣的事。」丘茲不服氣地說。

「有什麼話，都等首領他們回來再說吧。」厄爾說，踏下最後的階梯，打開門，接著開始點算物品。

「我還是第一次見到魔人。」丘茲說，「沒想到連厄爾先生都抓不到。」

厄爾瞥了他一眼。

「你帶他進來後，他做了什麼嗎？」厄爾點完最後一項物品，一樣也沒少。

丘茲搖頭，一邊將裝有魔竹的甕擺回原本的位置，「不過，他說儲物間有人。」

「所以你就讓他進去？」葉坦問。

「怎麼可能，我才不會隨便讓其他獵人進去。」

「是啊，你只會不是獵人的傢伙直接進集會處。」葉坦不滿地說，路特若無其事擋在他和丘茲中間，看著厄爾。

厄爾眉間擠壓成一直線。

猜想那個白髮獵人就是西頓村的艾爾。

早該離開赫納村的艾爾為什麼會在他們的集會處？而且都沒人發現？

看剛才的樣子似乎不是自己躲起來，所以是被藏起來了？被誰？

說起來，被帶走的艾爾沒有簍子。

獵人透過魔印使用魔力，沒有魔印頂多無法使用魔力，真正重要的是用來保存魔女頭的簍子，長時間失去簍子的話，就會死亡。

厄爾到通往儲物間的牆壁，在牆壁上畫了一個方形，於裡面再畫一個圓，牆面出現四條直線，連接形成一道門，輕輕推開。

看過去只有條細長的走廊，厄爾手放在側邊的牆面，兩側出現六道門，他從左邊的房間一一檢查，甕都還在，到右邊最裡面那間，也沒任何異狀。

「有什麼發現嗎？」丘茲探頭進來。

「沒有。」厄爾說，外頭傳來其他獵人的聲音，他和丘茲離開時，感覺簍子裡似乎有動靜。是錯覺嗎。

厄爾和丘茲離開儲物間，富格首領正看著凹陷的天花板，「你把集會處收起來過嗎？厄爾。」他問，「發生什麼事？」

「有個魔人闖進來。」厄爾說，談笑聲訝然停止。

「丘茲？」富格首領帶著責難的語氣。

「因為那傢伙長得和西頓村的艾爾一樣啊。」丘茲急於辯解，「就連打扮都模仿我們，我當然以為是本人。」

「我們剛才也看見沒有簍子的獵人。」路特說，「沒想到是魔人。」

「就算是認識的獵人，進集會處前不都要檢查村章。」伯德恩說。

「他不也可以假裝村章被魔女撕了。」貝李說。

「所以那個叫艾爾的被魔人殺掉了嗎。」奧休喃喃地說。

方才的歡樂氣氛蕩然無存。

「集會處的出入口只有一個，魔人離開的時候一定能抓到不是嗎？」馬內說，「丘茲你也該和厄爾先生一起守著，在那裡呼喚其他人過去幫忙。」

「厄爾先生叫我去找人幫忙，卻自己先把集會處收了。」丘茲說，所有人看向厄爾。

「抱歉，我以為我能抓住牠。」厄爾面不改色的說。如果不是因為看到艾爾，他就不會失手。

「我還以為魔人早已絕跡，原來還是有啊。」貝李說。

「所以你們能理解為什麼我會讓他進來吧。」丘茲說。

「別把我們和你混為一談。」個頭最大的孟克罵道。

「你的左手怎麼啦？」路特問道，孟克只是低咒一聲。

「我們剛剛遇到複身魔女。」貝李說。

「真少見啊，有幾顆頭？」路特問。

「已經確認的有木、水，還有火。」貝李說。

「差兩個就齊了呢。」孟克悶哼一聲。

「我倒慶幸她不會使用沼澤魔力。」伯德恩說。

「沒抓到實在太可惜了。」馬內嘆氣。

「說不定她跟那個魔人是一夥的。」貝李說，「為了將我們引開集會處，才帶來那麼多魔女。」

「不過沒有東西被偷。」丘茲說，「也沒有被破壞的痕跡。」

「而且如果只是為了引開我們，那些魔女也太容易被抓到了吧。」路特說。

「她們只是低等魔女，被利用也不奇怪。」伯德恩說。

「該不會卡洛斯是被複身魔女殺掉的？」貝李說。

厄爾朝他瞥一眼。

「你沒頭沒尾的在說什麼。」孟克說。

貝李聳肩，「我們六個人都對付不了她，更何況卡洛斯只有一個人。」

「別作這種猜測。」馬內說，「你知道我們都盡可能不往那方面想。」

比起依本能吃人的魔女，懷有算計的魔女更令人恐懼。

「不過，我認為魔人確實是針對我們赫納村來的。」孟克說，「跟著西頓村的艾爾來到這裡，等艾爾離開就殺了他，穿上他的皮後再來接近我們。」

「照你那樣說，他們就該在艾爾來這裡前吃掉他不是嗎？」貝李說。

「我怎麼會知道他們在想什麼。」孟克不悅地說，「他們可是魔怪。」

厄爾看著面無表情的首領，然後又看著他們。

艾爾直到剛才都還在他們的集會處裡。

那個魔人沒有吃掉艾爾。

魔人長得和艾爾一樣。

當丘茲告訴他集會處有魔女時，他第一個念頭是，那也許就是殺了卡洛斯的庫耳曼，但是和那個魔人相對時，魔人那慌張的模樣讓他很疑惑。

還好那時先把丘茲支開，不然事情會變得更複雜。

因為艾爾很可能是被其中一人抓住，而魔人是為了救艾爾來的。

「如果是為了引起混亂，我看倒是挺成功的。」富格首領低沉的聲音響起，原本吵鬧的獵人們安靜下來，「不管複身魔女和魔人是否為同夥，現在當務之急是找到他們。」

「但要從何找起？」孟克說，「他們一定早就走遠了。」

「用魔傀吧。」富格首領說，獵人們皆皺起眉，「就算派一堆獵人去也不見得能找到他們，而且比起獵人，魔女對像魔女的傢伙戒心還是比較低些不是嗎。」

「那要由誰來做？」馬內問，其他人面面相覷。

「我來。」富格首領說，「這是我的村子，由我來守護。」

「你年紀也大了，身體負荷不了。」厄爾皺起眉，「更何況這是丘茲引起的，由他來做吧。」

「真、真的嗎？」丘茲的聲音聽起來有些虛弱。

「畢竟是你放魔人進來的。」孟克說，「你最好給我好好做。」

厄爾轉向丘茲，「你最多能做出幾個魔傀？」

「二十七個。」丘茲說。

「我最多也只能做十三個。」貝李說。

「你這傢伙，真看不出來啊。」孟克說。

「看來平常老愛胡思亂想也是有好處的啊。」馬內嘲弄道。

「但頂多能維持四、五天。」丘茲說，「我怕要是我沒撐住……」

「你自身的安危和所有人的安危，哪一個比較重要？」孟克說，「快不行的話減少魔傀的數量就行了。」

「別擔心，我們會注意你的狀況的。」路特說。

丘茲低下頭，「我知道了。」

「那複身魔女就由我去找吧。」貝李說。

「你非得找到她不可。」孟克氣得牙癢，「她只砍掉我的左手，實在太瞧不起人了。」

「她饒你一命，你該感激才是。」貝李說，孟克瞪他一眼。

「都到外面去吧，我得把集會處修復一下，厄爾動作太粗暴了。」富格首領把丘茲放出來，所有獵人離開集會處，富格最後一個離開，他的左手一半留在裡面，以逆時針劃一個圓，手收回來時產生一陣強烈的風，當風停止，一顆白石掉落。

「雖然我們今晚已狩獵不少魔女，大概暫時不會有其他魔女接近。」富格首領說，「至於艾爾的屍體，就算沒被吃掉應該也找不到了，我再通知費羅首領。」

「可憐的孩子。」貝李說。

「你們去通知村裡的獵人，然後先待在村裡。」富格首領對幾個獵人說，「負責巡邏的去清理那些腐爛的身體。」

數個獵人向首領行禮，幾個往村子，幾個飛快進入森林。

丘茲與貝李分別從簍子取出一根短小的白骨，於上頭劃下一刀，然後咬破手指，讓血流入縫裡，縫隙中冒出徐徐白煙，形成黑色人形，臉部是白的，整張臉只有一雙漆黑如野獸的圓眼，以及一對扁如針葉的耳朵，身高有高有矮，四肢和樹枝一樣，頭上飄逸的白煙有如長髮。

既像人但不是人，像魔女又不是魔女。

數十個魔傀分別圍繞丘茲和貝李，如被風吹動般搖擺身軀，全身慢慢變成黑色，丘茲全身微微顫抖，貝李則閉上眼，它們慢慢靠近兩人，伸長了脖子將臉貼在他們的臉上，接著穿過身體，輕快地跳進森林，富格首領將集會處的入口設在靠近森林的地下，獵人們分別將丘茲和貝李攙扶進集會處。

得在那些魔傀之前找到那個魔人，戹爾想。

他也希望艾爾還活著。

「我去附近巡邏吧。」厄爾說，「我沒辦法坐在這裡乾等。」

「我們都是啊，厄爾先生。」孟克說，「但現在我們什麼也做不了。」

厄爾直盯老人，「拜託了，首領。」

「好吧。」富格首領嚴肅地說，「不過別去太遠了，還有保持平常心。」

「我知道。」厄爾說。

†

老者的嘆息隨風吹散。

希望不要再有任何突發狀況。

老者出神地望著前方，雲層聚集又散去，月光隨著一股古怪的節奏，稀疏點綴於地面上，當月光落在男人前方，忽隱忽現一個魔女的身影。

老者並不驚訝，因為那群魔女的出現，他知道她會來，這是他們之間的暗號。

一大片烏雲籠罩於上方，一會，當雲散去，月光再度照下，已不見兩人身影。

第八章 艾爾

為避免顯眼，利歐揹著艾爾在地底下奔走，只管離村子遠遠地，越遠越好。

他不斷回想那天晚上發生的一切。

這是不是對他的懲罰，因為遇見艾爾後，他開始有了想要脫離布洛梅絲她們的念頭，但他絕不希望是用這種方式和她們分別。

先不論那些魔女的領頭是誰，波以娜肯定知道會發生什麼事才離開，儘管利歐從不懷疑魔女各種負面的天性，但他還是無法接受，和布洛梅絲及溫頓絲比起來，波以娜不怎麼吃同伴，他以為她對同伴多少都還有些同情心。

雖然不知道波以娜出於什麼理由，但她應該知道帶他去的話，他一定會阻止，她大可讓他回去布洛梅絲那裡，為什麼要讓他看到這一切？

混亂的思緒，隨著隱約飄來的惡臭而停頓下來。

原以為是冰冷泥土帶來的錯覺，結果發現是背上的艾爾。

也許潛得太深了，利歐趕緊回到地面上，外頭正下著大雨，雖然已是白天，天空因厚重的烏雲而顯得陰暗，雨將夜晚的濕氣與不安穩的氣氛延續下來。尖葉系的樹木完全沒有起到遮蔽的作用，但也因為這場雨，野獸們才沒注意到帶著死亡氣息的獵人。拇指般大的雨滴落在身上，利歐能感覺面具在動，每次下雨時都會這樣，雨水從面具與臉的縫中滑進，流過臉頰，直至下巴。

利歐四處張望了會，確定沒有獵人或野獸魔怪在附近，他將艾爾放在樹下，艾爾的臉色發青，十根手指指尖已變成紫黑色，左手背有傷痕，沒有癒合的跡象，傷口布滿乾掉的暗紅色泡沫，再次確認心跳聲，但幾乎被雨聲給掩蓋過去，石頭傳來的節奏亦讓人憂愁。

艾爾快死了？

利歐看他身上沒什麼嚴重的外傷，但馬上他就發現，他忘了艾爾的簍子，忘了簍子裡的紅毛魔女，因為走得太匆忙根本沒多加注意。他想艾爾一定是因為沒有魔力才變得這麼虛弱，但現在沒辦法丟下艾爾，帶著艾爾去狩獵也不方便。

利歐一邊思考，兩眼看著艾爾腰上的佩刀，刀面反映他的身影。

他取下亞麻細亞的巨牙，上頭缺了一角，肯定是昨晚和獵人對抗的時候造成的。他扔到一邊去，取來艾爾的佩刀，抵在脖子右側。

利歐從沒被砍下頭，更不用說要自己來，他非常緊張，呼吸聲越來越大，雨水的迴響彷彿漸漸遠離耳邊。慢慢使勁，冰冷的刀子與冰冷的雨水彷彿結合一起，雙手微微顫抖，當血延著刀緣流下，流到他的手上，被雨水打散，他停下來，快速復原的皮肉將刀子給推出去。

行不通的，利歐冷靜下來，他差點就忘記最重要的是簍子，就算真的成功砍了頭，沒有簍子也沒用。他放下刀，發愣了會，不經意摸摸脖子，回過神，在左手心劃一刀，打開艾爾的嘴巴，讓血流入。

小時候，布洛梅絲她們狩獵不到獵物時，都會喝他的血充飢。

他將刀子抵在傷口上，好讓血不斷流進，艾爾的喉間動了下。

「艾爾？」利歐輕聲喊道，艾爾沒有回應，血流得很慢，他等的很著急，不知過了多久，艾爾的臉色不再死灰，胸膛也開始有比較大的起伏。

艾爾應該不會死了。

利歐鬆了口氣，揹起艾爾，繼續上路。

不論波以娜以什麼理由丟下同伴們，他都不該意外，畢竟她是魔女。

也許是因為波以娜對他的溫柔，常讓他覺得她跟她們不一樣。

但那只是對他而已。

利歐每隔一段時間就停下來讓艾爾喝他的血，就這樣兩天過去，艾爾依然沒有醒來，雖然手指沒有繼續變黑，但艾爾也許會這樣一直睡下去，所以他決定送艾爾回西頓村，那些獵人應該有辦法給艾爾弄個簍子和魔女頭。

赫納村的獵人為什麼要抓艾爾，又對艾爾做了什麼。波以娜為什麼不救梅特她們，布洛梅絲和溫頓絲是否知情。他左想右想，腦子裡充滿這些疑問。

離開俄華森林，穿過大裂縫，回到茂密的克洛茲森林，因為下雨而陰暗的天空，以及雨水帶來的濕氣，這些從未混淆他的因素，現在卻因為腦海中的思緒，完全擾亂他的感官。

利歐瞥見艾爾的手指膚色又變深，便把他放下，當他劃開手心，注意到癒合的速度變慢了，因為只顧著艾爾，他都忘了自己也該吃點東西。

他取出黑皮囊，打開，裡面放的是蛋殼。

對了，那些肉都給魔女們吃了。

利歐思考是要先送艾爾回西頓村再回去巢穴，還是帶著艾爾偷偷去巢穴，確認布洛梅絲她們還在不在，如果赫納村發生的事是她們三個共同計劃的，那他就先吃了溫頓絲。

他稍微舒展手腳，準備揹起艾爾，艾爾突然咳了起來，微微張開眼，他連高興都來不及，便沉下臉，看著從四周包圍他們的魔怪西瓦特。牠們用那扁長的雙眼瞪他，微開的大嘴像在嘲笑，鼻孔哼出憤怒的氣息。

這幾天下個不停的雨，成了他的掩護，也成了牠們的。

不是吧？在這種時候？

利歐和牠們彼此僵持了一會，直到艾爾再次咳嗽，牠們全一湧而上，他下潛到一半，想到艾爾的情況可能會再次惡化而停住，衝出地面後，接連被牠們用堅硬的頭顱撞上，一陣頭昏眼花，耳鳴不已，一時使不上力。牠們咬上他的左臂，撕裂他的皮肉，一見牠們咬上艾爾，便用盡全身的力氣推開牠們，右手抓起艾爾的刀，隨手砍傷幾隻西瓦特，他單手拖著艾爾往前跑了一段距離後被追上，西瓦特咬住他的左腿不放，他用全身護住艾爾，牠們粗魯地啃咬他的脖頸和背部，冷冷的雨水打進他的傷口，感覺溫熱的血不斷流出。

利歐蓄勢待發著，算準時機準備放出魔力。

濃濃的血腥味中，滲進一股特別的香氣，西瓦特們發出興奮的叫聲，紛紛跑向那個有著強烈香味的魔女，利歐勉強抬起頭，看見一個面容死白的魔女，她的頭偏向一邊，彎著腰，兩手垂在地面，他沒時間去想為什麼她散發出來的氣息如此怪異，趁著西瓦特被引開注意，他拖著左腿扛起艾爾，慢慢走開，走了幾步，忍著傷痛跑起來。

魔女往反方向跑走，她身上的香味越來越重，西瓦特瘋了似地跟著她，跑了一段路，她垂下頭，垂直跳到樹上，幾隻西瓦特圍到樹下亂吼，接著失望地叫起來，但很快牠們便發現附近還有個同樣臉色慘淡的魔女。

✝

透過魔傀的眼睛，最後看到的畫面是一群西瓦特撲上來。

丘茲猛地睜開眼，不停喘氣，路特扶起他，讓他喝下碗裡的暗綠色汁液。

「怎麼樣？找到了嗎？」孟克問。

丘茲搖頭，「該死的西瓦特。」

「那是最後一個魔傀了對吧？」路特問，丘茲點頭。

「首領呢？」丘茲問，路特和孟克互看一眼。

「他被抓走了。」路特說，丘茲瞪大眼，「就是我們大豐收那天。」

「首領說去村子附近巡邏，到早上都沒回來。」孟克說。

「抓走他的可能就是那個魔人。」路特說。

「為什麼？」丘茲說，「我是說，庫耳曼不都喜歡吃年輕的獵人？」

「你永遠不會知道牠們在想什麼。」孟克說，「馬內和奧休去找首領了，至少希望能回收首領的屍體。」

「有通知厄爾先生嗎？」丘茲問。

「等他回來再告訴他吧。」孟克復原的左手握成拳頭，「現在就等貝李的消息了，等他找到那個複身魔女，我得好好想要怎麼回報她。」

丘茲往躺在隔壁的貝李看一眼，「他也還沒找到嗎？」

「貝李的魔傀比較少，應該更難找到。」路特說。

「不過他看起來一點也不疲倦。」孟克說，「看來他的魔傀比較聽話。」

丘茲默默拭去額尖的汗水。

「他的表情真夠和平的。」路特望著獵人一會，皺眉，「該不會睡著了？」

「我沒見過有人會在操控魔傀的期間睡著的，不過這傢伙確實是得向我們報告一下。」孟克搖晃獵人的肩膀，獵人沒有反應，他又拍了拍，獵人緩緩睜開漆黑無眼白的雙眼，三人愣了愣。

躺在床上的獵人化成一陣白煙。

三人沉默以對，一會，孟克發出驚訝又憤怒的叫聲。

✝

利歐來到一處岩石群，其上布滿青苔和某種植物的根，大小不等的岩縫是最佳的居住地，被他倆身上的血味吸引，有如新芽般，石縫間冒出體型嬌小的野獸夏西西里與身體圓滾滾的羽足獸波西，虎視眈眈地盯著他們。

即將天黑，利歐決定在這裡暫時歇會，他一邊注意牠們的動靜，一邊爬上岩石，尋找能容納兩人的地方，數隻波西在頭上飛舞，夏西西里慢慢靠近，似乎也在觀察他，他抓住攀附在石上的植物，正要往裡面看，一隻夏西西里跳出來要咬他，他用手背將牠打下，其他夏西西里迫不及待的圍上去，波西們則乖乖在旁等著吃剩下的骨頭。利歐確定裡面沒有其他夏西西里後進去，他讓艾爾躺下，然後用裡面潮濕的土將岩縫堆滿到只剩一小縫。

他的左手和左腿已復原的差不多，背上正癒合的傷口又痛又癢，變得破爛的衣服讓他看起來很是狼狽，但他不在意那些，艾爾的手復原的很慢，潰爛的傷口不時滲出血味，他口中到喉嚨都是那股血的味道，若說魔女的血嚐起來是酸甜，那麼獵人的血就是香醇，因為太久沒吃獵人，都忘了這種味道是多麼吸引人。

記憶中的味道是一回事，如今聞著艾爾的血，喉間像被火燒般瞬間乾涸。

利歐咬住自己的手深呼吸，努力想要轉移注意力，向外望去，隱約能看見葉隙間的月光。

雨已經停了。

艾爾發出呢喃，利歐輕輕搖晃他的肩膀，沒有反應，他抓住他的右肩，慢慢使勁，希望艾爾會因為疼痛醒來，但他依舊緊閉雙眼。

利歐嘆了口氣，在這比想像中寬敞的洞穴裡伸直雙腿，閉上眼。

原本為食物爭吵的夏西西里漸漸安靜下來，只剩下翅膀的拍動聲，還有咬碎骨頭的聲音。還有他自己不穩的呼吸聲。

彷彿每顆牙齒都在顫抖，越是不去想，血味就越是明顯，利歐只好離開洞穴，跳下岩石，衝向那群波西，有隻太胖而慢一步逃走的，他迅速抓住牠，接著一口咬上牠肥厚的身體，雖然羽毛讓他感到噁心，但吸了牠的血讓他多少不再焦慮，波西身體逐漸變扁變黑。

先不說那次幫艾爾狩獵土魔女，上一次吸食獵物已經是好幾年前了，他通常都找無主魔女下手，只要吸食她們的肉核就能夠讓他撐上好一陣子都不用狩獵，但吸食的感覺實在令他作嘔，後來只吃波以娜她們的舊皮囊，或是她們吸食獵物後剩下的皮囊。

那個時候，艾爾要他吃掉魔女時，他有些抗拒，卻又不好拒絕。

待情緒稍微平復下來，利歐回到洞裡，閉目養神一會，聽見艾爾的呼吸急促起來，他使用火魔力點亮周圍，察看艾爾的手，沒有發黑，艾爾渾身都在冒冷汗，眉頭緊皺，眼皮下的眼珠子快速地動，他翻開他的眼皮，瞳孔無神。

利歐有些慌張，不知如何是好，他趴在艾爾旁邊，緊盯著他，不知過了多久，艾爾的呼吸才又恢復正常的節奏，他閉上疲倦的雙眼，火也跟著消散。

又過了一會，利歐從睡夢中驚醒，外頭仍是一片暗，旁邊傳來安穩的呼吸聲，他使用火魔力照亮周圍，檢查艾爾手臂的傷勢，傷口上已長出薄薄一層粉色的皮膚。他繼續讓艾爾喝他的血，艾爾眼皮微微跳動著，過了一會，緩緩睜開，他屏息以待。

艾爾眼神有些迷濛，似乎在理解自己現在的情況，看到他後，似乎不怎麼驚訝，勉強起身，對身上的不明傷口感到疑惑。

「那是被西瓦特攻擊的。」利歐說，「抱歉，我之前和牠們有點過節。」

艾爾一臉呆滯地看他。

「你去赫納村後，發生什麼事了？」利歐問。

「赫納村。」艾爾聲音非常沙啞，「這裡是哪裡？」

「克洛茲沼澤。」利歐說，「你一直沒醒來，所以我準備把你送回西頓村去。」

艾爾仍是困惑，他撐著頭，似乎在思考。

「不過真是太好了。」利歐笑道，「我找到你的時候，你幾乎沒心跳。」

「你在哪裡找到我的？」艾爾問。

「我不知道你們怎麼稱呼那個地方，有個獵人把我認成你，帶我進去。」

「進去？你說集會處嗎？」

「雖然我覺得不太可能，不過你們該不會有把人埋在土裡的習慣吧？」利歐問。艾爾的肩膀稍微拱起，搖頭。「你有想起來什麼嗎？比如是誰把你埋起來的？」

「我不知道。」艾爾沮喪地說，「我也不想知道。」

難道是獵人？利歐皺眉。

「你怎麼知道我還在赫納村？」艾爾問。

對了，給艾爾看那顆紅色石頭，也許艾爾會有什麼想法。

利歐邊想著邊摸向頸後，接著身體一僵。

石頭不見了。

一股氣衝上腦門，脹得腦袋發疼，但他很快冷靜下來。

「你需要魔力對吧。」利歐轉移話題，「我去附近看有沒有魔女。」

艾爾想說什麼，又打住。

利歐將黑皮囊放在艾爾手邊，「這裡有蛋殼你可以吃，我一會回來。」他離開洞穴，小心不驚動其他洞穴裡的野獸們，跳下岩石群，若無其事地向上看了看。接著在附近找了會，便沿著昨天來的路上走回去。

是什麼時候落下的？他竟然沒有發現。

那麼小的東西，很可能落在任何地方。

那麼重要的東西，一定得找回來。

但他根本不知道該從何找起，而且天色這麼暗，根本是大海撈針。

利歐嘆了口氣，轉頭向左後方看去，在高聳的樹之間有棵和人差不多高的黑影，他知道那不是樹，全身黑色的魔女慢慢走近他，似乎一點也不在意被他發現，蒼白的小臉上只有一雙漆黑的圓眼睛，雖然面向他，卻不像在看他。

他不太確定，不過她跟昨天看到的白臉魔女很像。

這幾天一直有被跟著的感覺，原來是她。

他繼續往洞穴的反方向走，如果魔女衝去洞穴，他就殺了她。

利歐跑起來，她跟過來，只見魔女慢慢彎下身，彷彿重心集中在雙手，整個身體向前傾，她突然拐向左邊，回頭看了他一眼，接著快跑，明明不穩得像隨時要跌倒，卻異常的飛快，他追上去，隨魔女衝進交纏的矮樹叢裡，他索性跳到樹上，魔女不時回頭，似乎確認他還在，不一會兒，她的頭部開始冒煙，變得越來越透明，利歐不知道她打算做什麼，跨大步上前，他以為抓住了，結果撲了個空，狠狠跌倒在地。

利歐馬上起身，回過頭，不見魔女身影，不只氣味，氣息也消失了。

真是怪了。

利歐看著前方，在有如草原廣大的矮樹叢中，幾株寬厚的巨矮樹從中突出。

也許是被魔女的香味，或是他摔在樹上造成的聲響吸引，數隻西瓦特探出樹洞，瞧見他後，發出尖細的叫聲，與其說是憤怒，更像是在嘲笑他，其中一隻臉上有疤痕的西瓦特像在跳舞般不停擺動肢體。

利歐注意到牠的右手，兩眼隨之睜大。

牠手中拿的不正是他的石頭麼？

原來魔女是為了這個才帶他來的？也許昨天從西瓦特手中救出他和艾爾的白臉魔女是她的同伴，她們看見西瓦特拿走了石頭。

她們真是好心。

利歐露出笑容，張開左手，紅色火燄從手中竄升，臉上有疤的西瓦特退到漆黑的洞裡，其他西瓦特聚在洞口，每隻都蓄勢待發，牠們眼中映著火光，雖然一臉厭惡，卻無法將目光移開。

「把石頭還我，我可以答應你們的要求。」利歐說。

西瓦特發出有如咒罵的低沉聲音。

「任何要求。」利歐強調，「像是魔女的手腳之類的。」

西瓦特們變得興奮起來，發出尖細的聲音。雖然牠們的行動不算緩慢，但總是抓不到動作更快的魔女，聽見他這麼說，牠們熱絡地討論起來，接著，牠們全東倒西歪地倒過來，這才發現雙腳被纏上樹藤。

西瓦特雖然有令人畏懼的堅硬大頭，但那同樣是牠們的弱點，像這樣倒著就會令牠們受不了。方才趁著牠們被火光吸引，偷偷使用木魔力抓住牠們的腳。

利歐扭動左手，吐了口氣，越過看起來痛苦不已的西瓦特們，準備進去樹洞，一隻西瓦特對他喃喃，他回過頭，微笑：「那個啊，就當我沒說過吧。」

西瓦特失望地嘆氣。

利歐進了樹洞，發現通往地下的地洞，他不假思索跳下，方踩到地面，旁邊一股熱氣，他立刻避開，透過周圍的螢光食木殘骸，隱約看見數十隻西瓦特，他使用火魔力照亮周圍，牠們每隻臉上都有疤，疤的形狀微妙地有所不同，這群西瓦特和剛剛上面的那群比起來殺氣少許多。

牠們的目的很明確，就是要他找出持有石頭的西瓦特。

其實這也不是太困難的事，他看得出來疤是牠們自己弄出來的，而且牠們完全對照那隻帶著石頭的西瓦特臉上的疤，所以只有一隻是從左眼往下劃過鼻頭，其他隻都是從右眼。

利歐忍住笑意，右手指向左眼有疤的那隻西瓦特，牠大叫一聲，一口把石頭吞下，他收起笑容，看著那些尖叫不已的西瓦特們，其中一隻跳到他手邊，吹熄他手中的火，變暗的同時，殺氣也跟著充滿四周。

西瓦特們正要撲上，一股強烈的寒氣襲來，青光色的黑霧纏繞利歐的左手。西瓦特恐慌地退到一邊，圍繞牠們的樹根開始腐爛，牠們一聲都不敢發出，全部擠在一起。

「你們玩夠了吧。」利歐冷冷地說，伸出右手，左眼有疤的西瓦特被其他西瓦特推上前，牠不停顫抖，將石頭吐出來，稍微擦了擦，恭敬地放在他手上，他向牠們靠近一步，牠們全縮成一團，雙手遮住臉不敢看他，他轉身爬出地洞。

左手傳來陣陣痲痺感，利歐甩了甩手好減輕那股異樣感，準備爬出樹洞時，和洞口外的獵人正對面。

「艾爾？」獵人滿臉疑問，利歐一驚，想要退回去，獵人強而有力的手抓住他肩膀將他拉出，激動地將刀抵在他的頸邊，「艾爾呢？你把艾爾怎麼了！」

他們是艾爾的同伴？利歐疑問他們怎麼會出現在這裡。

「這不是很明顯嗎。」年輕獵人冷淡地說，「這傢伙戴著艾爾的皮。」

高大的獵人漲紅了臉，刀深陷的程度令利歐頭皮發麻。

「我沒有吃掉他。」利歐冷靜地說，「你仔細看，我不是艾爾。」

獵人有些動搖，手勁輕了許多，利歐直對他的雙眼，高大男人馬上別開眼。

「艾爾沒事，我帶你們去他那裡。」利歐說。

「你是說帶我們去你的夥伴那裡吧。」年輕獵人冷笑，「你以為我們會被騙嗎？」

「他真的沒死。」利歐看著男人，「但他受了重傷，你們最好快點帶他回去。」

高大獵人似乎想看又不敢看他，最後只把頭歪向利歐，兩眼看著地面，「艾爾真的沒死嗎？」

「你不是真的相信這個魔人的話吧？布南？」年輕獵人警告般地提高音調，「牠一定是殺了艾爾，不然怎麼會有他的臉？」

叫布南的獵人收起刀，從簍裡取出紅色瓶子，打開瓶蓋，頓時冒出一坨黑色的物體。利歐覺得那東西很眼熟，只見黑色物體跳到他頭上，布南趕緊抓住牠。

「你該不會被吸過血？」布南問。

利歐一臉困惑。

布南對黑色物體輕喊「艾爾」，牠身體朝向某處。利歐睜大雙眼。

「混蛋，你在他面前做什麼！」年輕獵人衝過來推開布南，拔刀抵住利歐的脖子後方。

「你看，牠還在動。」布南說。

「你看錯了。」年輕獵人從簍子裡掏出土塊，按在利歐的脖子上，土塊拉長套住他的頸子和胸口。

布南靠近利歐，「艾爾在那裡對吧？」

利歐點點頭。

「別動！」年輕人慌張地吼道。

「你能帶我們去嗎？」布南問。

「你腦子進水了是不是？」年輕獵人的刀在利歐眼前幾公分處揮動，「艾爾已經死了，這魔人穿了他的皮，而我們要把牠抓回去。」

「要是艾爾真的沒死呢？」布南說。

「你真的是太令人失望了。」獵人小心翼翼抓著利歐起身。

布南邁出大步，從背後將獵人按倒在地。

「去吧。」布南說。

獵人破口大罵，左手生出水繩試圖抓住利歐，利歐輕快地閃躲，轉身跑開。

第九章 光塵

艾爾臉色難看的可以。也許是因為他在離地面數十公尺高的樹上，也許是因為他身上的傷還未痊癒，也或許是顧慮身旁的紅棕髮獵人，儘管他剛剛才替自己解了圍。

當時利歐離開沒多久後，夏西西里接連二三探頭進來，平常讓人覺得可愛的這些小野獸，在這種無法移動身體的狀況下，牠們那像是關愛垂死之人的眼神充滿殺戮之氣，露在嘴角的兩顆尖牙紅得像要滲出血。他握緊刀，砍倒第一隻撲向他的夏西西里，這麼做反而讓他的處境變得更尷尬，夏西西里們全搶著進來吃那個死去的傢伙，他下意識收起歐留下的魔女皮囊，不停用刀阻擋想趁機咬他的野獸。

一條樹根旋轉著進來，艾爾沒多想，抓住樹根末端，被拉出洞穴時撞上什麼，一看是波西，牠們對他倒沒什麼興趣，他被拉到獵人所在的樹上，獵人從簍子裡取出一罐暗綠色的瓶子，遞給他。艾爾打開瓶子，將灰綠色液狀的草衣倒在左手臂上，隨著液體流下，衣服破損的部分也都補了回來。

「謝謝。」艾爾把瓶子還給獵人，「呃，謝謝你。」他指的是獵人剛才救他一命。

「你是西頓村的艾爾對吧？」獵人問，艾爾沒有否認，「我是赫納村的厄爾。」

艾爾知道這個人，是赫納村的下任獵人首領。

「你被魔人帶走時我讓卡葛咬了你的手。」厄爾解釋自己為何出現在此地。

利歐被看見了。

艾爾抓著樹皮的手指過於用力而泛白。

「你和那個魔人原本就認識嗎？」厄爾問。

艾爾搖頭。

「我們都以為你被魔人吃掉。」厄爾說，「那個魔人確實有很多機會吃掉你，但他沒有，被西瓦特攻擊的時候，他也挺身保護你。」

方才利歐離去時，艾爾注意到他背部的衣料破了一大片，原來是被西瓦特攻擊的關係？

「你想說什麼？」艾爾低聲說。

「我在想，那個魔人去我們的集會處是為了救你。」厄爾說，「但這樣說的話，就代表有個獵人，我們村裡的獵人把你藏在我們的集會處裡。」

艾爾看著他。

沒錯，他還活著，利歐救了他一命，只不過利歐如何得知他還在赫納村，就算誤打誤撞進了集會處，又怎麼發現他是被藏在裡面的某處，剛才利歐好像要告訴他什麼，卻轉移話題。

「你知道是誰把你抓起來的嗎？」厄爾說，艾爾搖頭。

艾爾看著沒有魔印的左手背。

毀了他的簍子，無非是要置他於死地。

「那個魔人帶走你的時候，你看起來跟死人沒兩樣。」厄爾說，「但你到現在還活得好好的，大概是因為你喝了魔人的血，如果我們能從他身上找到答案，如果我們能好好研究他的話，也許以後就算暫時失去簍子也不用擔心會死。」

聽到獵人這麼說，艾爾不禁冒冷汗。即使利歐逃過這一次，但利歐已經被看到，被厄爾，被赫納村的獵人們看到，這下麻煩了。

「抱歉，我忘了你身上還有傷。」厄爾說著跳下樹，用樹條狀的魔力小心纏住艾爾，慢慢下降。

艾爾不知道自己昏倒後過了幾天，雙腿彷彿不是自己的，費了一番力氣站穩。

「魔人可能不會回來。」艾爾說。

「你真的這麼想？」厄爾反問，艾爾沒答腔。樹林間發出聲響，艾爾緊張起來，但厄爾看起來比他更緊張。出現在兩人面前的不是魔人，是個年約二十出頭的黑髮獵人。艾爾去赫納村拜訪時見過這個人，他都還沒確認厄爾的來意，現在又來一個赫納村的獵人。

「貝李？」厄爾的訝異僅止於對來者何人的疑問。

不待他問，貝李說道：「富格首領離開了。」

厄爾先是一愣，想到什麼，回頭看著艾爾。

不會吧，艾爾彷彿聽到厄爾心中的想法。

†

艾爾想到利歐被赫納村的獵人誤認成自己，心裡有些無奈，對於利歐能進集會處這個事實反倒不是那麼在意。

失去簍子並不會馬上死亡，但既然都要他死，為什麼不直接殺死他，難道是同為獵人所作的憐憫麼。而利歐身為一個魔人，卻冒著被抓住的危險來救他。

真不知該高興還是難過。

「首領什麼時候離開的？」厄爾問。

「兩天前，我的魔傀聽到的。」貝李說。

「我不明白。」厄爾說。

「你看到那個被帶進集會處的，其實是我的魔傀。」貝李說，「我混在其他魔傀中進了森林，等附近都沒人後就把它們收起來。」

「你有辦法做一個像你的魔傀？」艾爾半是疑問半是好奇。

「我的魔力是水，水能反射影像，所以我讓其中一個魔傀映上我的樣子，而我自己則映上魔傀的樣子。」貝李說，「是卡洛斯教我的。」

「完全沒有人發現？」厄爾問。

「昨天被發現了，孟克生氣得很。」貝李說，「原本以為是魔人和複身魔女抓走首領，但現在看來魔人只是去救艾爾。更不用說，那個複身魔女和這個魔人其實是同一個。」

「他不是複身魔人。」艾爾說，「可是他能使用不同魔力。」

厄爾兩人非常驚訝。

「原諒我當時沒有說，光是讓魔人闖入集會處就夠讓情況混亂了。」貝李說，「而且那個魔人說了讓我有點在意的話。」

「他說什麼？」厄爾問。

「那天我們不是抓到很多魔女嗎？有些好像是魔人的夥伴。」貝李說，「明明是她們闖進我們的地盤，被狩獵也是理所當然，他卻問我們是不是串通好的，我本來還覺得魔人是為了把我們引開集會處，才帶來那些低等魔女。」

厄爾臉色愈來愈難看，「你為什麼跟來？」

「發現有魔女從南邊來的是你，但你不是偶然走到那附近，你本來要去西頓村找艾爾對吧？」貝李說。

厄爾沒有否認。

「你懷疑卡洛斯的死因，還為了弄清楚去西頓村，可是後來我們為魔人和複身魔女爭論的時候，你卻沒有加入。」貝李說，「就連我說殺了卡洛斯的兇手很可能是魔人或複身魔女，你也沒多作表示，所以我想你見到那個魔人的時候，應該發生了什麼事。」說著他看了艾爾一眼，「你沒有自願用魔傀，而讓丘茲去做，因為你不能待在集會處，你有理由，也似乎有辦法找到魔人。你身為下任首領，我當然不能讓你一個人去，只是我擔心兩個人一起行動會更容易被魔人發現，所以在你身後保持一段距離跟著。」

「那倒是，這個魔人一直都保持警戒，只是因為艾爾而選擇不主動出擊。」厄爾取出紅瓶，抓好卡葛，對牠說出「富格首領」後，牠慢慢朝向東邊，「獵人危害獵人的性命，這種事從沒聽過，但如果牽扯到庫耳曼，又變得什麼都有可能。」

「你該不會是在懷疑首領？」貝李低聲說，「富格首領應該很清楚只要他沒死，我們就能用卡葛追蹤他。」

「我知道，不過時機也太巧。」厄爾說，「看到有個長得像艾爾的魔人出現，所以大家都認為是魔人殺掉艾爾，然後抓走富格首領。」

「話說回來，那個魔人是怎麼找到艾爾的？」貝李問。

「這只能向他本人問了。」厄爾轉向艾爾，「雖然已經是幾個禮拜前，但你還記得發現卡洛斯的屍體時，有什麼不尋常的地方嗎？」

艾爾手中握著黑皮囊，當利歐告訴他裡面有蛋殼時，他就想起來了，那些難吃的黑色蛋殼，嵌在魔女頭上的黑色蛋殼，「在屍體附近有一些黑色蛋殼，但我想那本來應該不是黑色。」他說，「後來在前往赫納村的路上，發現有個紅毛魔女躲在我的簍子裡，她要我去找富格首領。」

貝李趕緊取出那顆他贏得的魔女頭，確認有無異狀，「等等，所以你來集會處的時候，簍子裝著魔女？」

艾爾難堪地點頭。

「她做了什麼？為什麼能進去？」貝李問。

「我不知道，我也沒對她做什麼。」艾爾說。

「那個魔女現在在哪裡？」貝李問。

「我不知道。」艾爾將皮囊摺好，收進衣服內袋，「我的簍子被破壞後，她可能跟著被殺掉，也可能躲起來了，或是太虛弱而死。」

厄爾臉色突然變得難看，他卸下簍子，低頭一看。

艾爾和貝李湊過去，紅毛魔女蜷曲身體，害怕地看著他們三人，貝李瞪大眼，厄爾正要說話，樹林一頭發出聲響，厄爾和貝李不禁繃緊神經，貝李手已放在刀柄上方，先映入眼簾的是魔人利歐，他的衣服變得破破爛爛的，身後還跟著兩人。

艾爾見到那兩個獵人，猛然想起自己在被抓起來的同時把卡葛放出去，他是打算向布南求救，但因為情況太危急，他只來得及說出布南的名字。

厄爾和貝李似乎都有些困擾，大概在思考該怎麼處理眼前的情況。

少年達

利歐回到岩石群，看到艾爾身旁有兩個獵人，綁小辮子的黑髮男子與紅棕髮的男人，兩個他都有印象，他們都是赫納村的獵人。

他們是來帶走艾爾的？利歐衝向兩人，卻見艾爾對他揮手搖頭。他一停下，年輕獵人馬上撲倒他，按住他的頭，冰冷的刀刃抵在頸後。

「給我安分點。」獵人罵完轉向布南，「還有你，你竟然把牠放跑！」

布南直直跑向艾爾，將艾爾抱在懷裡，「太好了，你沒事。」他語帶哽咽地說，被抱住的艾爾尷尬地想要掙脫。

「你們是西頓村的獵人？」紅棕髮獵人問。

「我是布南。」布南一鬆手，艾爾馬上退到一旁，「他是西恩。」

西恩看到艾爾後非常驚訝，來回看看艾爾和利歐，訝異之色漸漸退去轉為冷酷，他高舉刀，瞄準利歐的頸部揮去，刀沒有彎曲，而是直接劃開他的頭。

艾爾看著利歐的頭滾落一邊，腦筋一片空白，全身的肌膚彷彿被剝了一層，他衝過去推開西恩，將利歐的身體翻轉過來，利歐的胸口並沒有裂開，頸邊不斷流下鮮紅的血，布南等人皆滿面驚愕，更不用說砍下頭的西恩。

艾爾撿起利歐的頭，利歐和他四目相對。

利歐眼神充滿驚慌，張嘴似乎想說什麼。

利歐似乎還沒死。

厄爾也來到旁邊，仔細看著利歐，「把他的頭放回去看看。」

「放回去？」

「看這裡。」厄爾分別指著頭部和頸部斷掉的部分，不斷冒出擺動的細小血絲，「說不定能接回去。」

艾爾趕緊將利歐的頭放上，厄爾幫忙扶住頭顱，頭部與頸部兩邊的血絲彼此吸附住。

「你們在做什麼？」西恩說，「你們不會是在救牠吧？」

艾爾瞪了他一眼，西恩看起來越是憤怒。

「他的頭被砍了，卻沒有露出肉核。」厄爾按住利歐的頸邊，待其完全接合，「他有心跳。」

艾爾緊盯著逐漸淡化的傷口，直到他撫著胸口，大口吸氣，他才鬆口氣。

「魔人已經消失很久了，誰也沒看過牠們。」西恩說，「誰能肯定牠們一定跟魔女完全一樣？說不定魔人沒有肉核，說不定牠們有心臟。」

「可是他的血。」布南不敢看利歐，「野獸和魔怪的血不都是黑的嗎。」

「那就是我們沒見過的魔怪。」西恩不耐煩地說，「牠的頭被砍了都沒死，絕對不是人類。」

「所以不是很稀有嗎。」貝李說，「要小心處理才行。」

利歐摸著自己的脖子坐起，布南等四人退開了些，西恩仍緊握佩刀，艾爾很快看了他們一眼，低聲對利歐說道：「我知道你的頭才剛接上，但你可以先把我的夥伴引開嗎？」

利歐雖然疑惑，仍是點頭。

「走！」艾爾輕聲說，利歐推開他起身，飛快跑走。

「快追！」厄爾叫道。

身體先比腦袋行動，西恩迅速追去。

「你也去。」厄爾對貝李說，貝李明白什麼，拍拍布南的肩要他跟上。確定三人離開視線範圍，厄爾卸下簍子，再次察看裡面，魔女和他們對上眼，「妳認識卡洛斯和富格首領嗎？」

「是的。」魔女小聲說，艾爾湊近想聽清楚，厄爾反射性按住他的肩膀，大概是怕魔女突然咬他，「你得阻止他們。」

「他們？」厄爾問。

「富格，還有達絲。」

「阻止他們什麼？」艾爾問。

「魔犬。」魔女疲憊地閉上眼，艾爾輕推她幾次，她動也不動。

艾爾看著臉色變得難看的厄爾，「你要通知赫納村其他獵人嗎？」

「不。」厄爾回答得很快，艾爾越發困惑，「我們去解決這事，也麻煩你別告訴別人你聽到的。」

「你說魔犬嗎。」艾爾問，厄爾垂落的雙手明顯變得僵硬，「你是不是知道什麼？」

貝李也看著厄爾。

「我不會告訴其他人。」艾爾說，「但我也要去。」

「你還是回西頓村比較好。」厄爾說，「你還得處理利歐的事不是嗎。」

「我差點死在你們的集會處，我想我有權利知道原因。」艾爾說。

厄爾猶豫了會，「好吧。」他看了貝李一眼，「我們赫納村以前養過魔犬。」

貝李皺眉。

艾爾表情沒什麼變化，心底很是激動，「牠們不是絕種了？」

「我本來也是這麼認為。」厄爾說，「對人來說，魔犬和庫耳曼一樣是邪惡的化身，除了當時在位的首領，只有少數幾個獵人知情，包括富格首領。他們讓魔犬幫忙狩獵魔女，但後來發生意外，獵人只得將魔犬全部處理掉。富格首領偷偷保留魔犬的骨骸，後來他一直研究如何重生魔犬的咒語。」

「他成功了？」

「他告訴我的時候我不太敢相信，但是重生牠們似乎也沒什麼壞處。」厄爾說，「只是我們得更小心點才行。」

「既然還沒有絕種，何必重生？」艾爾問。

「想找也不知道從何找起。」厄爾稍微靠近魔女，「我不知道妳怎麼認識富格首領的，但如果妳想利用魔犬，妳真是找錯人幫忙了。」

「你才該想清楚，為什麼富格試圖殺死艾爾。」魔女擠出一絲聲音，「假裝被魔女抓走，假裝魔犬被魔女奪走。」

厄爾頓時沉下臉，「憑什麼要我相信妳？」

「卡洛斯就會相信。」魔女說，厄爾一時語塞。

艾爾慶幸厄爾他們有其他麻煩要解決，尤其牽扯上魔女，這樣他們或多或少不會太專注在利歐身上。

他注意到上頭的天空，「該死。」低咒一聲飛奔而去。

從森林邊緣開始的光塵現象，覆蓋的範圍通常相差不遠，太過弱小的低階魔女會直接被消滅，獵人太接近的話也會導致失明。

儘管艾爾經過這一帶不只一次，每次來展現在眼前的景色都不同，這是仿生樹造成的，因為會模仿附近樹種生長故此稱之。生長期短暫的仿生樹，有時在一夜之間就能生成一片樹林，若是生長在樹林外圍，光塵就會從新的邊界開始，但布達的範圍變得無法預測。

拜託，不要那麼剛好在附近。

†

利歐向右閃躲，左側參差不齊樹叢頓時被削平，西恩非常積極攻擊他，布南則顯得猶豫不決，貝李在兩人身後，和西恩同樣使用水魔力，攻擊落點總是離他有段距離，似乎是刻意的。艾爾和叫厄爾的獵人還沒追上來，明明同是獵人，是同伴，為什麼要引開他們，有什麼事必須瞞著他們。

頭被砍掉的瞬間，耳邊聽見尖銳的聲音，因為事情發生得太快，他根本不覺得痛，當艾爾把他的頭接回去後，他首先要確認的，就是自己的胸口有沒有裂開，有沒有脫出肉核。

結果沒有。

老實說，他沒有很驚訝。

利歐不時回頭，確定不會離三人太遠，漸漸地，他感覺空氣變得溫暖。

天要亮了。

利歐看著前方，外頭已開始發出亮光，雖然離他還有一段距離，但還是謹慎為好。他轉身，三人也跟著停下，彼此對峙。

白光消失後他才能繼續逃跑，幸好只需要對付三人。

利歐注意到西恩露出不自然的笑容，回頭，白光像是直接撞上他，光浸染他全身，有如銳利的風刮過，感覺肌膚瞬間被撕去一大片，呼吸變得急促，頭也有些發暈，這些感覺不停重覆，皮膚一層一層地捲起，血肉曝露在外像是沸騰般抖動，痛得他全身顫抖，聞到自己皮肉爛掉的味道，夾在血味中的香味也被扭曲得發臭，撕裂感從臉延伸到脖子，連喉嚨都充滿燥熱的血味，低頭一看，變得焦黑的皮屑不斷落下，還有紅的發黑的血滴，完全無法想像自己現在是什麼模樣，每走一步都像在接近太陽般，熱氣逼人，周圍突然變得很吵，是誰在說話？勉強抬起頭，看不清楚獵人們的樣子，四周圍繞著血紅色的光，然後慢慢暗下來。

啊，原來如此，他的雙眼都爛了，分不清從眼窩流下的是淚是血還是其他東西，痛楚仍然在持續，而且變得更加明顯，聲音逐漸遠離，連聽力都開始受影響，他的意識漸行漸遠，在即將陷入完全的黑暗前，他隱約聽見一絲低沉的笑聲。

艾爾趕過來，光塵的餘波穿過全身，亮得他眨了好幾次眼，定睛一看，利歐的頭已經變得血肉模糊，冒出灰黑色的煙，充滿庫耳曼特殊的血香和燒焦的血臭味，衣服上破掉的部分露出的肌膚同樣焦黑，戴在頭上的那張魔女臉也燒毀的差不多，那微笑的嘴角，在融化前的最後一刻，彷彿哭泣般下垂。只見利歐走得越來越慢，最後兩腳跪地。

艾爾上前，馬上被西恩抓住。

「既然都能把頭接回去，我看他整顆頭燒掉也不會有事。」西恩說。見西恩那看好戲的樣子，艾爾揍了他一拳，布南被他的舉動嚇了一跳。

「混蛋，你做什麼！」西恩罵道。

艾爾快速跑過去，即時抓住倒下的利歐。從利歐腐爛的頭部冒出一團黑霧，貝李和西恩都拔出刀。黑色霧氣慢慢擴散至利歐全身，各個部位呈現不自然地扭曲，他不顧一切將手伸進去，結果他的手也扭曲起來，並且裂開，但是沒有流血。

「沼澤魔人！」西恩驚叫，「牠要攻擊我們了！」

「快回來，艾爾！」布南擔心地喊道。

艾爾從那團黑霧中感覺到一股寒氣，黑霧越來越大，有如火花的小氣團向四處噴發，西恩的簍子被波及後開始腐蝕。

「叫他住手，艾爾！」西恩起先還怒氣沖沖地罵，當他的簍子被腐蝕三分之一後，他顯得驚慌失措，「要不就宰了他，快殺了他！」

艾爾幾乎半個人都在黑霧裡，眼前所見之物都在旋轉，雙眼彷彿滲出鮮血，但伸手去摸，什麼也沒有，周圍漸漸變成一片紅，他抓住利歐的肩膀，「利歐！」他開始覺得呼吸困難，四周冷得令血液凝結，漸漸感覺不到自己的手，不斷聽見奇怪的不規律聲響。

「你就這麼想死嗎。」艾爾低聲說，「想死的話，那個時候被我砍了頭不是更好。」

利歐張開還未爛掉的嘴巴，微弱地喘氣，黑霧減緩擴張的速度，原本濃厚的霧變淡，艾爾感覺身上那無形的壓迫感消失了，他摘下帽子，戴在，或說蓋在利歐半融化的頭上，布南來到旁邊，用他那龐大的身影為利歐遮掩陽光。

艾爾往西恩看去，他驚異地瞪著趴在地上的利歐，當利歐的魔力不再狂躁，西恩的簍子也停止腐爛。

「我還是第一次看到沼澤魔人。」布南有些害怕，又有些同情的看著利歐。

「我想我們都是。」貝李說。

「給我草衣。」艾爾向布南伸手。

布南從簍子取出瓶子，艾爾接過去，小心地倒在利歐身上破掉的部分，草衣與破掉的部分融合起來，有些滲進傷口，利歐張嘴，連一絲聲音都發不出。

「雖然不太一樣，但看來也是獵人服。」貝李說。

「不過為什麼他會有這個獵人服？」布南說。

「這還用說嗎，一定是殺了獵人取得的。」西恩說，「假扮成獵人，就更容易狩獵獵人。」

「我想布南的意思是，為什麼他會穿著這種獵人服？」貝李說，「如果原本是獵人的，又是從哪裡來的？」

「那種事很重要嗎？」西恩不以為然。

「發生什麼事了？」晚一步到達的厄爾問。

「他被光塵波及後，釋放沼澤魔力……」貝李說著注意到什麼，「晝縛呢？」

厄爾等人看著利歐旁邊的碎片。

「怎麼會？」布南驚慌地說，「明明被晝縛套住，怎麼還能使用魔力？」

「這還真是棘手啊。」貝李說。

「你的簍子呢？」布南對艾爾吃驚地問。

「被魔女毀了。」艾爾看了厄爾一眼，想知道他怎麼打算。

「那是艾爾離開赫納村幾天後的事。」厄爾說，「富格首領被魔女抓走，像艾爾的魔人出現，我們分成二路行動，奧休和馬內追蹤首領，我和貝李追逐魔人。」

「既然他們是一夥的，你還不快點殺了牠。」西恩說。

「把話聽完。」貝李不悅地說。

「我們原本也是那麼認為，不過剛才問過艾爾，他說是魔人救了他一命。」厄爾說。

「我在去赫納村前就遇到他了。」艾爾不慌不忙地說，「我沒有搭理他，他也沒有對我做什麼，來有個魔女以為我也是魔人，想把我們帶走。」

「那樣你還是不能肯定他們不是一夥的啊。」西恩不屑地說，「也許牠們假裝意見不合，他假裝救了艾爾，好取得你們的信賴，都是為了吸引更多獵人好來吸食。」

「要是我當初和你一起去赫納村就好了。」布南非常自責，抓住艾爾的手，「走吧，得快點帶你回村子。」

「還要警告其他人有個模仿你的沼澤魔人在。」西恩說。

「他不是模仿。」艾爾甩開手，布南不禁愣住，「我比你們都更想知道，為什麼我們長得一樣。雖然回村子也可以用號角喚舊族的拜勒斯來，但也不能肯定馬上就會出現，而且在等待的期間，你們也不能保證他不會想辦法逃走吧。」

「怎麼，你還挺會說的嘛。」西恩低聲道：「我一直以為你是個啞巴來著。」

「我說，去庫耳曼之森吧。」艾爾強硬地說。他要去約格魯山，不止是因為想知道魔犬是怎麼回事。

「你腦袋也跟簍子一樣丟了是不是？才單獨出一次任務就覺得自己可以作決定了嗎。」西恩全身變得緊繃，連聲音都被壓扁似地，「再說魔人快死了，何必多此一舉。。」

「還沒有死。」艾爾反駁道，西恩上前扯住他的衣領。布南慌張地想打圓場，被西恩一個瞪視阻止。

「那現在就給牠最後一擊如何。」西恩說，「這個魔人是你招惹來的，由你來解決。」

「要是我就不會讓艾爾那麼做。」貝李說。

「啊？」

「目前我們只知道他可能不是庫耳曼。」貝李說，「但他能使用魔力，應該也能使用咒語，就像剛才只有你的簍子遭殃，就算殺死他的不是你，但你可能會被下什麼可怕的詛咒。」

西恩表情一怔，惱怒的眼神中劃過不安。

「我是贊成帶他去找拜勒斯的。」厄爾說，「如果把魔人帶回村子，要是他像剛才那樣突然爆走，傷到獵人還不打緊，傷到村民的話，誰要負責？而且如果被村民看到，引起他們的恐慌，也會對艾爾造成困擾吧。」

「所以說，找拜勒斯到底有什麼用？」西恩問。

「如果他們有血緣關係，至少能解釋為何艾爾長得如此特別。」厄爾說。

「你知不知道自己在說什麼？」西恩有些驚恐。

「在毀滅日之前，誰能想像庫耳曼等魔物的存在，在拜勒斯教導人類之前，誰相信過人能使用魔力？」厄爾說，「這個世界上存在許多不可思議的事，即使你未親眼所見，也不能完全否認。」

「艾爾都已經做好覺悟，這分勇氣難道還不足以說服你嗎。」貝李說。

西恩瞇起眼，「如果他們沒有任何關係，你們要把魔人帶回去嗎？」

「你們要的話，就交給你們，之後還請告訴我們研究成果。」厄爾說，「如果你不相信我，你現在就通知費羅首領吧。」。

「那就把魔人留下，我們在這裡等費羅首領派人來。」西恩說，「你們可以去和奧休他們會合了。」

「抱歉，我得帶他們一起走。」厄爾說，「那個魔女想要艾爾和魔人，我想拿他們作交換富格首領的籌碼，當然也不是真的會交給她們。」

「抓艾爾的魔女和帶走富格首領的魔女是夥伴嗎？」布南問。

「好像是的。」貝李說。

「又只是猜測。」西恩非常不快。

「可是艾爾需要簍子。」布南說。

「只要喝利歐的血，我還能夠再撐一陣子。」艾爾說。

「什麼？」西恩聲音變得沙啞，「你瘋了嗎？為什麼要喝魔物的血？」

「有什麼好驚訝的，我們有時不也會直接吃魔女。」貝李說。

西恩難以反駁，一臉憤怒，

布南除了驚訝還是驚訝，「可是，庫耳曼之森對你來說實在太危險了。」

「你沒資格說他吧。」西恩說。

「奧休他們在前往約格魯山的路上，我們可以先拜訪雪蘭村，讓艾爾取得簍子和魔印。」厄爾說。

「雪蘭村。」西恩低嘖一聲，「我不喜歡你那副已經決定好一切的態度，就算你的地位比我高，我也沒必要聽你的。」

艾爾一直瞪著西恩。

「你那是什麼眼神？」西恩怒氣又上來，在臉上成了個猙獰的笑臉。

「如果去的途中魔人逃了。」艾爾說，「我願意讓你們研究我的身體。」

「艾爾。」布南倒吸口氣。

西恩看著他，「你擅自主張，這點犧牲是理所當然的吧。」

艾爾毫不退縮地望著他。

「那就麻煩你聯繫費羅首領吧。」厄爾為這段談話下了結論。

西恩忿忿取出卡葛，退到一旁低喃起來。

「我們該怎麼帶他走？」布南看了利歐一眼。

厄爾用魔力作了一個半身大的桶狀容器，用繩子綁出兩條背帶。

「沒問題嗎？」布南問，「這樣不是很耗損您的魔力？」

「應該能撐到雪蘭村，不過在那之前也許他就會復原了。」厄爾說。

「然後呢？」西恩說，「晝縛對牠沒用，誰知道牠什麼時候會攻擊？」

「別擔心。」貝李說，「我們當中需要擔心被攻擊的大概只有你而已，要不你可以先留在這等費羅首領派人來。」

西恩氣得牙牙癢。

艾爾小心將頭還在冒煙的利歐放進去，揹起來。

「沒問題吧？」厄爾問，艾爾點頭，「那我們就上路吧。」

†

這下只好改變計劃。

要是全部都用赫納村的獵人就很完美了，不是嗎。

至少對被殺死的魔犬們來說是如此。

第十章 拜勒斯

出現在紅山深谷的巨大魔螺，超過成人半身大，不僅沉重、空間小，而且數量有限，獵人尋找能夠取代魔螺的素材，在不斷試驗下，最後找到的就是魔竹。魔竹在冬天生長，在春天收割，獵人工匠將柔軟的魔竹照魔螺的外形作成容器，在製作的同時混入被認定成為獵人的新生兒的血，以及當地產出的草衣，當小孩滿五歲後便開始揹戴，魔竹本身帶有的魔質能維持獵人的生命，隨著獵人長大，簍子也會跟著成長，當獵人死去，簍子會密合，如枯萎的草木。

艾爾對現在的狀態感到很不可思議，從小就一直揹在背上的簍子，悠關性命的簍子，沒有了簍子，像是身體少了一部分，或像是裸體般，渾身不對勁。而他現在揹著利歐，感受同樣重要的分量。

離開克洛茲森林後，迎接他們的是景色單調的巨石林，大小不等的巨石像是從天空落下般亂布，有像樹木那般直立的長石，也有數顆堆疊一起，原本灰色泥濘的地面漸漸為大大小小的灰色礫石取代。清晨時還看得到些許紫藍色的天空，過中午後為灰雲覆蓋，但也因此他不必擔心利歐會曬到陽光，到了傍晚，利歐的頭已經長回來，五官及身上其他受灼傷的部位也完全復原，新生的頭髮比他短了許多。

厄爾走在最前頭，他不時取出卡葛，隨時確認富格首領的方向。西恩走在其後，然後是布南、艾爾和貝李。考慮到艾爾沒有簍子，體力也許不如往常，厄爾原本用比較慢的速度行走，但一會他便發現沒有必要，便用一般的速度快走。

「話說，富格首領已經老到無法抵抗了嗎。」西恩說，「再說魔女怎麼會抓個老的走？」

「你太失禮了吧。」貝李斥責道。

「也許首領曾經殺過她們的夥伴，或是得罪她們的領頭。」厄爾淡淡地說，「這不是常有的事嗎，魔女等待獵人老去，懷抱恨意前來。」

西恩不以為然。

「你不是和其他人去找坎希斯了嗎？」艾爾問，西恩只是回瞪他一眼。

他沒料到有其他獵人跟布南一起來找他，畢竟他們從沒在乎過他，更別說是西恩，雖然不曾欺負他，但就如大部分的人一樣，對他，對布南都總是用鄙夷的態度。

「你是什麼怎麼遇到這個魔人的？」布南問。

「我殺了他的夥伴，他追過來。」艾爾說。

「噢。」布南有些緊張。

「她是水魔女。」艾爾說，「我不該殺了她的。」

「你是獵人，獵殺魔女本來是你的職責。」布南貌似安慰道。

西恩神情有些難看。

艾爾想過，要是那時再多觀察一會，要是他不急著得到魔女頭，他就不會錯殺了，可是換個角度想，如果這件事沒發生，他們還會相遇嗎？

艾爾不自主的摸了頸子，感覺身後有動靜。

「利歐？」他小聲喊道。

「艾爾？」

「還好吧？」

「好多了。」利歐說。

「你還記得發生什麼事嗎？」

「光塵。」利歐說，「我覺得自己快被燒光了。」

「你昏過去後，全身都被沼澤魔力覆蓋。」艾爾說，「你差點被自己的魔力吞噬。」

「是嗎？」

「我覺得你還是少用沼澤魔力吧。」

「我會注意的。」利歐說，「我們要去哪裡？」

「約格魯山。」

利歐興奮的起身，艾爾頓時失去重心往旁跌倒。利歐爬出桶子，三個獵人馬上圍住他。

「我還以為只有我們。」利歐一臉失望。

「怎麼可能。」艾爾看西恩已拔出佩刀，厄爾和貝李手放在佩刀上，他們似乎沒料到利歐這麼快就復原了，「他不會傷害你們。」

「你給我閉嘴。」西恩說。

厄爾解除魔力，木造的桶子開始分解，「你叫利歐是嗎？」

利歐點頭。

「我們要帶你去找拜勒斯。」厄爾說，「你的命運將由牠們決定。」

利歐再次點頭。

「也許你不會傷害艾爾。」厄爾說，「但我們不確定你對我們是否也如此。」

「你可以綁住我，或是對我做任何攻擊，我不會反抗。」利歐說。

「你現在當然不會反抗了。」西恩說，「就算你願意被太陽曬到只剩黑炭，我也不會相信你。」

厄爾看著利歐，似乎在考慮什麼。

艾爾其實多少能了解西恩的感覺，從小他們就被教導不論如何都不能輕信魔物，而他在遇到利歐後也是這麼想，只不過好像在不知不覺中被牽著鼻子走，後來在赫納村昏過去，醒來看到利歐，他卻覺得理所當然。

「那就屈膝，露出你的頸後吧。」貝李說。

「好的。」利歐爽快的答應，跪下頭頂地。

艾爾看利歐這個樣子，心底有些不舒服，但看到那白皙的後頸，不自覺摸了喉頭。

西恩似乎很樂意見到利歐低頭，貝李則和厄爾互看一眼。

「起來吧。」貝李無奈地說。

利歐起身，注意到艾爾的動作，「需要血了嗎？」

艾爾勉為其難的點頭，抽出佩刀，在利歐手背劃下，滲出鮮紅的血。被其他人盯著，整張臉因尷尬而紅起來。抓起利歐的手，鼻子還未湊近便已聞到血味，但說真的，就只是血的味道，他深吸口氣，與其說是喝，其實也只是滴了數滴在嘴裡，直到利歐的傷口復原。他沒有覺得可惜什麼的。一點都沒有。

「真是一點都不怕生病啊。」西恩目不轉睛盯著利歐的手。

「怎麼樣？」布南問。

「什麼怎麼樣？」艾爾擦了擦嘴巴。

「有什麼特別的感覺嗎？」

艾爾並不喜歡血的味道，但利歐的血嚐起來似乎還不錯。他咳了咳，搖頭。

「你知道你的血有這樣的效果嗎？」貝李問。

「同伴受傷的時候，也會喝我的血。」利歐淡淡地說。

「要不你也喝他的血看看吧。」西恩對貝李說。

「對了。」艾爾想起什麼，「為什麼你們會先找到利歐？」

「我也覺得奇怪，我要牠去找你，結果牠帶我們找到魔人。」布南說，西恩用力咳了聲，艾爾瞥他一眼，西恩是要他們別再說下去，別讓利歐知道卡葛的用途。

「你來過這裡嗎？」利歐突然問，艾爾搖頭，「看起來不太適合居住，不過有野獸的氣息。」

「聽你這麼一說確實……」艾爾話到一半，不自主地避開一旁的巨石。

「是伊西托。」貝李說。

「你故意帶我們到牠們的棲身地嗎？」西恩低聲道。

「這話說的不對吧。」貝李說。

「往好方面想，有牠們在的地方不太會有其他魔怪野獸。」貝李說，「而且牠們大半時間都處在睡眠狀態，只有在滿月之夜時醒來，發出能瞬間讓你失去聽力的叫聲，持續一整晚。」

「今天不是滿月。」布南鬆了口氣。

「不過我的夥伴不久前調查發現，這些魔感染某種不明的病媒，也許會出現異狀。」厄爾說。

「既然生病的話就更不用擔心了。」西恩說。

一道黑影劃過眾人上方，佇在巨石上，隱約能看見牠那張小巧的臉，像人的臉，口鼻以上，全身皆為墨綠色的羽毛覆蓋。

是拜勒斯。

利歐第一次見到，表情難掩興奮。拜勒斯在外形上，臉部的輪廓像人類，前爪像手，當初教會人類使用魔力的也是牠們，然而牠們不會使用魔力，而且牠們不僅吃魔怪，也會吃人。

「嘿，你們不是要找拜勒斯嗎。」西恩說，「這下就省事多了。」

「牠的頭部呈尖形，是新族的。」厄爾冷靜地說，「別看牠，我們得快速通過這裡。」

「新族跟舊族拜勒斯有什麼差別？」利歐問。

「除了頭部燐片的形狀不同，舊族拜勒斯斯個性較溫和，體型也比較小，聽得懂人話，也會使用咒語。」艾爾說，「如果不小心成為目標，絕對不要被抓到，因為在空中很難施展魔力，不過如果遇到的是舊族，給牠們魔女頭牠們就會離開，新族的拜勒斯就算得到頭也不見得會放過你。」

「也許牠們會喜歡魔人頭。」西恩不懷好意的說。

「又來一隻。」布南舉手指著，隨後慌張地收回來，像是怕會被發現。

「快。」厄爾低聲說，從巨石的陰影下走過。

不知不覺中，所有巨石上佇立許多拜勒斯，在月光與黑夜的襯托下，拜勒斯的身影顯得更加巨大，艾爾有種錯覺，好像牠們全都在看他。

「一次出現這麼多真是夠了。」西恩似笑非笑地說。

「牠們為什麼會出現在這裡？」布南緊張地說。

「一定是被這魔人吸引過來的。」西恩說。

「不管是人是魔，都是牠們的食物。」厄爾說。

艾爾看著盤旋在空中的黑影，覺得背脊發涼。當其中一隻拜勒斯張開翅膀，他知道糟糕的事要發生了。那隻展翅的拜勒斯發出高亢叫聲，往旁一看，巨石上睜開一雙漆黑的大眼，原本灰綠色的表面變得更深，地面開始發出震動。

「不會吧？」布南恐慌地叫道。

「快跑！」厄爾喊道。

拜勒斯不約而同俯衝下來，一行人散開，艾爾右邊的伊西托張嘴，瞬間感覺到一股熱氣，他往左邊閃，左邊的伊西托也張開嘴，有如火燒，熱得額尖頓時冒出汗水，他連忙壓低身子穿過，一邊小心不被熱氣燙到，一邊小心上方的拜勒斯，牠們的爪子不怕刀砍，但他還是抽出佩刀，幾隻拜勒斯鎖定他，牠們落地後用強健的雙腿奔跑，艾爾身後出現一片水幕。

「過來這裡！」貝李喊道，艾爾跑向他的同時，注意到左邊也來了一群拜勒斯，但牠們沒有衝向他，而是直直衝進伊西托的嘴裡。

「你做了什麼？」艾爾問。

「我還想問是誰呢。」貝李看了艾爾一眼，再望向那些衝破水幕的拜勒斯，「還好牠們沒有那麼聰明。」

周圍的伊西托張嘴持續吐出熱氣，拜勒斯們因為受不了紛紛飛起。

「你最好跟緊我。」貝李說，「不用魔力可對付不了牠們。」

艾爾四處張望，尋找利歐的身影，西恩一人跑過來。

「這些傢伙瘋了。」西恩氣喘吁吁地說，一隻拜勒斯從後方衝下，他的左手伸出一條水繩，甩向拜勒斯，將牠從正面一分為二。

貝李皺眉看他，「你知道殺了拜勒斯會有噩運的。」

「這種時候就別管那些無聊的傳言了。」西恩說，「保命最重要。」

「艾爾！」布南向三人揮手，他和厄爾站在一顆橫倒的長石上。

「小心！」艾爾指著躲在巨石後方的拜勒斯。說那時快，從陰影出現的利歐跳到布南身上，一躍至拜勒斯面前，朝牠的頭部擊下結實的一拳，拜勒斯哀叫一聲落地。

艾爾感覺周圍的熱氣似乎正在散去，他看著其中一隻伊西托，只見牠張開的大嘴縮成一個小圓，那隻落地的拜勒斯就這樣被牠吸進嘴裡。

艾爾等三人一同跳到長石上，他們抓住彼此後蹲下以免被吸走。

「西恩和布南用什麼魔力？」厄爾問。

「水。」「木。」

「請你們往那個方向搭一座橋。」厄爾指向某處。

「那會耗掉很多魔力。」西恩滿臉不情願。

艾爾正猶豫要不要讓利歐幫忙，貝李已往前方放出長約兩公尺的水柱，因為伊西托在旁吸氣，水柱有些分散。

「麻煩你了。」厄爾對西恩說，西恩撇了撇嘴角，放出魔力，兩條水柱靠近，接著，厄爾和布南放出樹條，一碰到水便生出眾多枝葉，樹條纏在一起後形成粗大的樹幹，迅速地往前延伸。

「厄爾先生先走吧。」貝李說。

待厄爾上去，艾爾抓起還在驚訝的利歐跳上去，兩人輕快地跑起來，西恩隨後，接著是布南，貝李最後。

「他們是怎麼辦到的？」利歐有些興奮。

「用魔力合作通常都是為了對抗中階以上的魔女。」艾爾說，「剛才是你讓拜勒斯衝進伊西托的口中嗎？」

「我在伊西托的面前作幾個土人吸引拜勒斯牠們，等牠們衝過來的時候收起來。」

「真有你的。」

利歐笑了笑，望著飛回來的拜勒斯。

「那兩個赫納村的獵人不是來抓你的吧？」利歐問。

「不是。」

「他們知道你差點被殺死嗎？」利歐說，「而且還是在他們的地盤。」

「知道。」艾爾說，「不過不能告訴布南他們，不然他們一定會認為是赫納村的獵人做的，到時事情會變得很麻煩，約格魯山也去不成。」

「不是赫納村的獵人做的？」利歐說。

「不，還不能確定。」艾爾說，「你還記得我簍子裡的紅毛魔女嗎？」

「她在哪裡？」

「在厄爾的簍子裡。」艾爾說，「厄爾說他們以前養過魔犬。」

利歐睜大眼。

「但魔女要我們去阻止……」艾爾太在意周圍的拜勒斯，以至於腳下的樹木突然裂開時他沒能反應過來，掉了下去，利歐連忙抓住他。

利歐見那群拜勒斯飛過來，繃緊神經，一隻拜勒斯迅速飛近，艾爾抽出佩刀，利歐也準備好要使用魔力，在不到三公尺的距離時，遠方響起一聲長長的低音，拜勒斯們紛紛轉向，飛往遠方。

利歐奮力拉起艾爾，兩人繼續往前，然後跳下至地面，布南和西恩也跳下，貝李在魔力消散的最後一刻跳起，輕巧地踩上地面。

「你們剛才鬼鬼祟祟的在說什麼？」西恩問。

「沒什麼。」兩人同聲道，西恩眼角微微抽搐。

「你最好別給我耍花樣。」西恩對利歐說，「我不介意再砍一次你的頭。」

艾爾握緊拳頭。當利歐頭被砍下的時候，當利歐遇到光塵，他真的以為利歐死定了，從來沒有過的恐慌盤據心頭。

他和利歐才認識沒多久，當然不可能為一個魔人的死難過，可是心底深處覺得要是利歐死了，好像會發生什麼可怕的事。

那種感覺，他可不想再經歷一次。

「剛剛那個聲音像是號角發出的。」艾爾說。

「誰會沒事帶著那種東西，簡直是自找麻煩。」西恩說著頓了頓，對著艾爾嗤之以鼻，「不過這裡倒是有個自找麻煩的笨蛋。」

艾爾悶哼一聲。

利歐自小就被波以娜她們灌輸被獵人抓住不會有什麼好下場，但除了西恩外的三人卻對他客氣的可以。和艾爾同是西頓村的兩位獵人，大塊頭布南很關心艾爾，不時詢問艾爾身體狀況；叫西恩的年輕獵人則一直都顯得焦躁不快。

當他被砍下頭的時候，腦筋一片空白，說也奇怪，眼前的景象、周圍的聲音都還很清楚，之後受到光塵洗禮，雖說是難忘的經驗，但他絕不想再經歷一次。

隨著天空一角出現淡橘色的光，空氣逐漸變得暖和起來。所有人都保持沉默行進，時間一分一秒過去，太陽似乎上升得比往常要慢，但一會沒注意，它又高過一個頭，橘紅色光線被灰色雲朵吸收，透下灰藍色的光。

利歐很少來到克洛茲森林以外的地方，方才遇到伊西托時，他不得不承認他有點樂在其中，離開伊西托的巢穴後，周圍恢復死氣沉沉的巨石，他一邊欣賞石頭的排列方式，一邊注意天空，長條狀的灰雲高掛天空，光線偶爾從灰雲的縫隙穿過，稍微被照到就有些刺痛。

「別擔心。」艾爾說，「過不久就會變陰天了。」

「即使雲層離我們這麼遠？」利歐問。

艾爾手指天空，「你看雲朵的排列方式，如果是光滑一片或呈霧狀就不會下雨，如果是這種長條狀，多半都挾帶庫耳曼之森的濕氣，下雨的可能性很大。」

利歐點頭，稍微挨近艾爾，「你們獵人應該不全都像你一樣，不介意有個魔女在簍子裡吧？」

「我哪裡不……」艾爾懶得爭辯，「布南和西恩不知道魔犬的事，你不要說溜嘴了。」

「好。」利歐一臉期待地說。

布南不時向利歐投向目光，若無其事地放慢腳步到他旁邊，「謝謝你救了艾爾，也謝謝你救了我。」

走在最後的西恩冷哼一聲，「為什麼和牠道謝？噁不噁心啊。」

布南有些困窘。

利歐看了看布南，再轉向西恩，「你討厭布南，因為他是獵人嗎？」

「啊？」西恩面露兇光。

「魔女同為彼此的獵物、狩獵者，她們渴求彼此，又互相懼怕。」利歐說，「但你們不吃獵人，沒必要排斥同類吧？」

西恩歪斜著嘴角，「我討厭他，因為他是個懦弱的傢伙。」

「可是艾爾和厄爾他們都比你強，你也不喜歡他們啊？」利歐說的突然又直接。

西恩一征，整張臉氣得漲紅，「你這王八羔子……」

「生氣的話，不就承認他的話了。」貝李說。

西恩表情變得僵硬，握緊的拳頭不停顫抖。

布南擋在兩人目光交接處，「你也住在克洛茲森林嗎？」

利歐點頭。

「你一直都穿著獵人服嗎？」

「最近才開始穿的。」利歐說，「平時會戴著面具。」

「原來如此。」

利歐沒說，他不敢說，小時候那些看到他真面目的獵人們，都被吃掉了。

「你吃過人嗎？」貝李突然問。

「既然跟魔女一起，一定吃過啊。」艾爾答道，利歐一臉苦悶的望著他，「但他不用再聽魔女的話之後，就不吃了。」

想不到艾爾會替自己說話，利歐有些高興。

「那又怎麼樣。」西恩低聲說。

「聽說艾爾是被魔女丟在西頓村。」貝李不經意地轉移話題，「可是沒被拜勒斯帶走。」

「我還記得那天是個好天氣，太陽大的很。」布南說。

「你是說，她冒著被太陽照到的危險，闖進你們的村子？」厄爾問。

「是啊。」

「這可真怪。」貝李說。

「那個魔女長什麼樣子？」利歐問。

「她是紅毛，身高和你差不多，長什麼樣子我記不得，也不確定是使用什麼魔力。」布南說，「她被太陽曬到後沒有受到太大的傷害，應該不是低階魔女。」

「是你的夥伴嗎？」貝李向利歐問。

利歐想到布洛梅絲，但他不覺得，也不希望是她，「不是。」

「我問過其他村子的獵人，他們都沒有嬰兒被偷走，也沒有這樣的傳聞。」布南說。

「也許是從別的地區偷來的？」貝李說。

「或許吧。」布南說。

艾爾原想說什麼，打消念頭。

「你幾乎沒吃東西，沒關係嗎？」布南對利歐說。

「還可以。」

布南猶豫了會，下定決心說道：「要不然你喝我的血吧？」

西恩的臉色越顯陰沉。

利歐有些不知所措，雖然魔女夥伴常要他喝她們的血，但獵人對他這麼還是第一次。

「還是喝我的血？」艾爾問。

「以艾爾現在的狀況，還是不要那麼做吧。」貝李說。

「是啊。」利歐說著忍不住乾吞一口氣。

布南從簍子裡取出黑色的土，「吃這個吧，不過味道不怎麼好就是。」

「謝謝。」利歐收下後馬上吃起來。

厄爾和貝李皆看著利歐。

「你還記得遇到光塵後的事嗎？」厄爾問。

利歐搖頭。

「我遇過一位年紀超過百歲的長者。」厄爾說，「他說年輕時見過有個沼澤魔人被自己的魔力給腐蝕，一點屍骨都不剩，那時我還覺得他在胡說。」

原來他差點就死了，利歐頭皮一陣發麻。

「夠了吧。」西恩忍不住說道，「你們是不是都忘了自己是獵人？我們的本分是什麼？和魔物處的這麼融洽，是希望以後能在牠嘴下逃過一命，還是能死得痛快些？」

「我不會殺你們任何一個。」利歐說。

西恩無視他，「你們這麼做是錯的。」

「到時候就會知道了。」貝李說，「如果拜勒斯願意帶走利歐是最好不過，我們沒損失啊。」

「我們可是損失了研究魔人的機會。」西恩瞪著艾爾。

「那你就求牠們留下利歐吧。」貝李說，「不過你之前殺了一隻拜勒斯對吧，牠們會聞到的。」

西恩面色越顯難看。

「要是真有個萬一，最壞的情況不就是死了嗎。」貝李說著頓了頓，「啊，原來你是怕死啊。」

「貝李。」厄爾對他搖了搖頭。

西恩沉默著，眾人準備繼續趕路，他衝向利歐，當所有人都以為他要攻擊利歐時，他繞到艾爾身後，抽出佩刀抵住艾爾的喉間。

「西恩！」布南叫道。

「我這是在幫你們。」西恩說，「我才不怕死，讓魔人殺了我，你們總不會放過牠了吧。」

「放手。」利歐沉下臉。

「來啊！膽小鬼！」西恩發狂地笑道，「其實你們也想看看，說不定艾爾被砍頭也不會死呢。」

見艾爾的脖頸滲出一絲紅，利歐瞳孔縮小，腳邊揚起大量塵土。

西恩原本還在笑，眨眼間他的右手被藤蔓纏住，接著連人帶簍子整個被黑土包起，厄爾和貝李拔刀擺出攻擊的姿態，布南慌亂的不知如何是好。

艾爾看著無法掙脫的西恩，雖然是個討人厭的傢伙，但西恩的自滿也不完全只是因為費羅首領看重他，身為一個獵人，西恩確實有能力，現在卻被利歐給牢牢抓住，只見西恩的表情由憤怒轉為驚恐，通紅的臉逐漸轉紫；利歐則是自認識以來首次露出殺意，他一時不知該如何開口阻止。

「夠了，利歐。」厄爾說，「如果你動手，我們也會認真對付你。」

利歐依舊殺氣騰騰，解除魔力，差點窒息的西恩倒在地上止不住地咳嗽。「抱歉。」他對已經嚇壞的布南說，語氣極淡。

貝李看著艾爾頸邊的傷口，已經復原了。

「老實說，我不討厭你。」利歐對西恩說，「你和我那些容易敵視別人的魔女夥伴很像。」

「去死吧你。」西恩兩眼充紅，眼角還掛著淚水。

遠處傳來呼喊聲，貝李伸手要扶西恩起來，被他拍開。

「那是胡佛。」厄爾下意識擋在利歐身前，「他一定是要回去雪蘭村。」

「怎麼辦？」貝李雖然提問，但似乎不怎麼擔心。

「你先潛下去吧。」厄爾說。

「好的。」

「我們不會花太多時間，你跟好，別被發現了。」厄爾說。

利歐和艾爾互看一眼，便潛入地下。

「麻煩你們了。」厄爾對其他人說，但一直看著西恩。

「要是有什麼萬一，我會說一切都是你們的錯。」西恩啞聲說。

艾爾眉頭一皺。

布南望著艾爾，神情有些複雜。

†

不遠處傳來腳步聲，狹窄的石縫間出現兩個身影，走在前頭的是波以娜，後面是溫頓絲。溫頓絲咬著黑色屍體，發出單調、令人煩悶的咀嚼聲。

「妳不是偷吃了吧？」波以娜問。

「只吃了一點。」溫頓絲說，「反正有兩個，讓我吃掉一個也無妨吧。」

「最好不要，我可不想再惹達絲生氣。」波以娜說。

「我們不過是殺了獵人，她為什麼要這麼生氣？」溫頓絲說。

「我想她需要他們的血。」波以娜說，「她不是一直在說還少了什麼的。」

「那她自己去抓兩個獵人不就好了。」溫頓絲說著又舔了舔，「不過，當初真該讓我帶梅特她們去赫納村，至少我能先吃掉幾個。」

波以娜看了她一眼。離開石縫，外頭樹根交纏，溫頓絲用手撫上最厚實的樹根，雙手變得有如樹皮的外觀和顏色，波以娜則變得如水狀扁平透明，貼覆在溫頓絲的背上，溫頓絲投入樹根，往下快速朝樹幹前進，一會後衝出地面，穿過密集的樹葉，落在平坦的石地上，四周放著混有螢光食木的石塊，中間有塊長石，一位老人躺在上面，旁邊站著紅毛的布洛梅絲。

「妳們去真久。」布洛梅絲說。

「有點迷路了。」溫頓絲說著環顧四周，「布洛梅絲，我們真的要跟著達絲嗎？」

「有什麼不好？」布洛梅絲擺弄手中細長的獸骨。

「但她是沼澤魔女。」溫頓絲說，「說不定哪天她會把我們都吃了。」

「總比現在被吃掉好吧。」布洛梅絲說，看著不發一語的波以娜，「妳還在想利歐的事嗎？」

「什麼？」

「妳最喜歡他了不是嗎。」布洛梅絲說，「妳說去赫納村的路上沒碰到利歐其實是騙人的吧，其實妳已經叫他逃走了。」

「我沒騙妳們。」波以娜摸了摸歪斜的下巴，「要是我真的叫利歐逃走，他一定會跟來，那樣反而省事。」

「說的也是。」溫頓絲說。

「老實說我還怕遇到他呢。」波以娜說，「要不他一定會把那些弱小魔女救出去吧，而且要是我不小心說溜嘴，不知道他會多生氣呢，不是常說越溫和的人生氣起來越可怕嗎。」

「雖然他從來沒直接表現出來，但眼神很嚇人呢。」溫頓絲打了個寒顫。

波以娜走到老人身邊，「那些獵人到底是怎麼找到你的？」

老人沉默不語。

波以娜蹲在老人旁邊，用指夾輕刮石面，「只要你還活著，他們是不是就會繼續派人來？」

老人依舊沉默。

「不知道你做了什麼，達絲到現在還沒殺了你。」布洛梅絲說，「你們獵人會慢慢老去，我們卻永保青春，你們和我們之間的差異很明顯，在這世上存活到最後的是我們。」

「可憐的老傢伙。」溫頓絲拍拍他的臉，「要是你年輕點，我就能吃了。」

右上方傳來樹葉的摩擦聲，老人眼皮微微顫動了下，溫頓絲趕緊到布洛梅絲身旁，波以娜也起身遠離老人，身材嬌小的紅毛魔女落到地面，直接走向老人，她揮動雙手，老人周圍為黑霧環繞，然後抬起，跟著她一同前進。

「妳們想看的話也來吧。」達絲說，布洛梅絲等三人跟隨她進去樹叢裡的小通道，通道兩側盡是野獸的黑色外皮，通道逐漸向下，老人的臉色越來越蒼白。她們不停地走，溫頓絲數度露出不耐煩的臉色，她們持續走了一段路，來到另一個比較小的洞窟，但同樣堆滿皮囊與發光的石頭，而地面也不是石地或泥地，是一大片光滑的皮毛。

達絲將老人小心放置在地上，「皮收集的夠多了，血肉也夠多了。」她小心地從懷裡取出一根和成人手臂差不多長、和手指差不多細的白骨，「這樣應該可以了。」她將長骨慢慢放進皮毛裡，滿心期待著，但過了一會，什麼也沒發生。

達絲的笑容漸漸退去，她咬起手指，嘴裡不斷喃喃低語，「到底還少了什麼。」魔女低聲自問，「我到底還有什麼沒做的？」她低咒一聲，全身冒出黑霧，往旁邊打了個大洞。

「我們先離開吧。」布洛梅絲恭敬的語氣說，一手抓著溫頓絲，一手伸長變成樹枝狀，波以娜緊貼著溫頓絲，布洛梅絲往上一跳，沿著樹幹到樹根，然後進入冰冷的泥土裡。

老人費力抬起頭，看著達絲。

達絲深吸口氣，走到他旁邊，她輕撫他的額頭，冰冷的手指輕觸冰冷的汗水，老人身體微微顫抖，「別擔心，會讓你在死前看到的。」

第十一章 雪蘭村

比起克洛茲森林南邊的乾地還要更加荒涼的砂原，乾枯的樹零星散布，單調的色彩讓人分不清遠近，身形巨大的獸足類在高低不齊的砂丘間飛躍，月光從砂丘的頂端照下，其兩邊的產生陰影使整體看起來有如巨大野獸的背脊，不管是夜晚的低溫，還是時而呼嘯的強風，都為這樣的景色增添更多異樣的錯覺。

艾爾看著更遠的地方，天空與陸地的交際，有條遠比黑夜更加深沉的色彩，將天與地隔開，那不是山脈，也不是樹林，更不是雲層。獵人們皆不經意地注視那條「線」。

一行人輕快地在砂地上行走，厄爾仍在隊伍的最前頭，接著是面無表情的貝李，臭臉的西恩，神色不安的布南，神態自若的艾爾，還有幾天前碰上的，來自雪蘭村的胡佛，他一直在艾爾身邊，不停打量。

利歐在眾人腳下不到兩公尺處跟著，萬一有什麼突發狀況，也許能在不被發現下偷偷幫忙，另一方面，他也很好奇他們會談論什麼。厄爾他們向胡佛隱瞞他的存在，對他來說是好事，只是想不到原來獵人也像魔女一樣會欺瞞彼此。

「身為村子唯一的修補師，你不是應該待在集會處嗎。」厄爾問。

「我們最近都換了或修補了簍子，我通常也只有這時候能夠外出。」胡佛說，「在我回去前如果有誰弄壞或弄丟，就只能自求多福了。」

「那你為什麼隨身帶著號角？」艾爾問。

胡佛笑了笑，「我想抓一隻拜勒斯回去。」

布南等人皆一臉不解。

「雖然傳聞殺拜勒斯會有惡運，但不要殺死就不會對吧。」胡佛說，「前幾天正好發現有一群拜勒斯，雖然成功吸引牠們注意了，結果是新族的。」

「新族的不行嗎？」艾爾問。

「為什麼牠們被稱為新族，就是因為存在的歷史不夠久啊。」胡佛說，「抓那種東西一點成就感也沒有。」

「馬法首領答應你這麼做嗎？」貝李問。

「他沒說不行，大概是覺得我辦不到。」胡佛嘆了口氣，「和我一起行動的羅宋被拜勒斯吃掉了，願他安息。」

「哈伯沒跟你去嗎？」厄爾問，「以他的個性，一定會參與吧。」

「他前一陣子去格雷葛區了。」胡佛說，「聽說有可以治好他眼疾的獵人在。」

「治好？那不止是傷疤而已嗎？」貝李說。

「我們本來也以為是這樣，不過今年春天他開始覺得疼痛。」胡佛說，「本來是打算去向拜勒斯求助，偏偏就是叫喚不到半隻。」

「誰叫他要去那個消失的村子。」西恩說，「被魔女襲擊，全村覆沒，肯定留有很強的詛咒。」

「馬法首領也跟你說過一樣的話，所以有段時間哈伯都被禁止回來。」胡佛說。

消失的村子？利歐好奇到不行。

「聽說那個村子有女性獵人。」貝李說。

「是啊，不過人都死光了，無從證明。」胡佛說，「對了，你失去簍子幾天了？」

「大概兩天。」艾爾說。

「喔，兩天啊。」胡佛頓了頓，張大雙眼，「你看起來一點事也沒有！」

「我們也覺得不可思議。」厄爾說，「所以我們決定去找舊族拜勒斯。」

「舊族。」胡佛嘴巴動個不停，但沒有發出聲音，似乎是在組織他接下來想說的話，嘆了口氣，「要去庫耳曼之森吧，我們從幾十年前開始，一年也只派人去待半個月。村長和長老認為在庫耳曼之森待太久，容易迷失自我。」

「是你們太容易受影響了。」西恩在許久的沉默後首次開口，「我們村的羅杰森已經待了快三年，每三個月按時回傳消息，再說能不能去庫耳曼之森，不必經過村民的同意吧。」

「那個羅杰森真厲害啊。」胡佛半是敷衍地稱讚，轉向艾爾，「你能給我些頭髮嗎？可以的話，指甲和眼球更好，反正會長回來的，血的話就給一小瓶，如果你們有什麼條件就提出來吧。」

利歐聽了渾身不適。

這個獵人說話的口氣真像魔女。

「現在就閉嘴怎麼樣。」西恩抱怨。

「當然啦，沒有要求更好。」胡佛說，「為了人類著想，獵人作出犧牲是理所當然。」

雖然艾爾習慣被人用懷疑的目光打量，但被這樣充滿興趣的接近還是頭一遭，他不敢想像，這個連拜勒斯都想抓回去的男人，要是發現利歐，肯定會想要好好肢解研究一番，雖說利歐一定有辦法逃走。

「聽過你的傳聞後，一直都很想親眼見你。」胡佛說，「不過你也知道，我們的馬法首領和你們的費羅首領關係不太好，我怎麼可能對馬法首領說我想去西頓村，而你也不會有機會來我們村子。」

艾爾聽說兩位首領是年少時結下的樑子，確切的事因不可得知，而他們絕不在費羅首領面前提起馬法之名還有雪蘭村，也很少有雪蘭村的獵人來到他們西頓村。他常想，說不定兩人厭惡對方的程度不亞於對庫耳曼。

「當然啦，要是西頓村發生重大事件，我們也會出手相助。」胡佛繼續說，「或許就是因為什麼都沒發生，所以才無法化解目前這種情況。」

「你們的首領都真夠固執啊。」貝李說。

幾小時過去，來到清晨時，天空只見一絲亮光，過中午時已暗得像黃昏，部分雲朵慢慢集中成帶狀，到了晚上，飽滿的雲帶下起暴雨，數公尺外的地方仍是一片寧靜，浸濕的砂土變得黏稠，拖慢行走速度。

隱約能從砂丘間看見有個黑點，那是魯歌森林，於大地一隅，毫不起眼的小森林，那裡只有一個村莊，名為雪蘭村，聽其他獵人說雪蘭村的居民和獵人數大概只有西頓村的五分之一。

「如果下雨的話，我們應該要到有雨的地方去。」艾爾其實是說給可能在附近的利歐聽，果然胡佛一臉困惑，所以他改用疑問的語氣，「野獸們會遠離下雨帶對吧？」

「是啊，看到那些突起來的地方嗎？」胡佛說，「亞麻細亞就在那附近，踏錯一步可能就會丟了性命。」

「我以為牠們只住在沼澤裡。」艾爾說。

利歐也這麼想。

「牠們的適應力很好，就算沒有魔力，也能夠在地下生活，連高山上都有牠們的蹤影。」胡佛說，「還好牠們不怎麼聰明，不然那麼大的體型也很難對付。」

「牠們也不過比奪奪格拉大了點。」艾爾說。

「牠們能一口吞下獵人。」胡佛說，「首先簍子會被強大的力道給壓碎，簍子沒了，魔印也會馬上消失。」

「只可惜牠們身上那麼多肥美的部位，卻不能吃。」艾爾說。

「雖然中毒不致於死，但也很麻煩。」胡佛說，「不過也許吃多了，說不定就能適應毒性。」

原來是有毒的？利歐有些訝異。

黑色的雲朵隱約出現亮光，一道閃電毫無預警地打下，落在右前方不遠處，餘音還未完全消失，又落下第二道閃電，落雷的間隔越短，距離也越來越近，胡佛不慌不忙用魔力作出一根細高的土柱，馬上被落雷直擊，厄爾也用魔力作出木柱，接住第二道落雷。

利歐雖然在地下，但也能感受到雨帶來的大量濕氣，如猛獸咆哮的雷鳴不時響起，他忍不住探頭到上方，黑雲中迸出的白光，有如憑空出現的巨大裂縫，從旁擦身而過，那潔白的亮光，那強大的力量，令心悸動。

艾爾想起老一輩的獵人說過災難皆從雷光來，以前的世界非常繁榮，樹木是綠的，花朵鮮豔，天空是純淨的藍，還有廣大無邊的海，人們過得豐衣足食，直到一道雷打開了世界最黑暗之處的入口，將一切帶往萬劫不復的深淵。

一道雷落在左側，布南趕緊擋下，「別離我太遠了。」

「你身上沒有引雷針嗎？」貝李大聲問。

「有的，但那樣我之後還要去回收，太麻煩了。」胡佛大聲回應，「儘管使用魔力吧，我們那裡有的是魔女頭。」

艾爾挑起眉。

「我會幫你們製作簍子，然後再給你們幾顆頭。」胡佛轉向西恩，「你的簍子看起來也要修補了。」

「不用。」西恩滿腹怨氣。

連續翻過三個高低差很大的砂丘，魯歌森林變得如拇指般大，夾帶暴雨的雲層也飄到另一頭去，接近天亮時，森林就在百公尺前。厄爾取出卡葛，確認富格首領的位置，牠朝向右前方。

「看來你們的首領還活著。」西恩說。

「是啊。」厄爾回答的平靜。

「什麼？富格首領怎麼了？」胡佛問。

「他被魔女抓去庫耳曼之森了。」貝李說。

「我無意冒犯，不過很少有人被魔女抓到後還能活這麼久。」胡佛說。

「我們也很意外。」貝李說。

「你們的首領被抓走這麼多天，卻還沒死。」西恩說，「如果她和富格首領有什麼恩怨，早就殺了他，但他還沒死。」

「你又知道她們什麼了。」貝李說。

西恩聳肩，「反正我就是覺得有什麼不對勁。」

艾爾看了西恩一眼，又偷偷地向後看去。

希望利歐沒事。

又走了一段路，胡佛從簍子取出食指長的白骨，在白骨和手指各劃一刀，讓血流入骨頭上的縫裡，縫隙中冒出白煙，形成一個白色人形，他一揮手，魔傀向遠方奔去。

在後方探頭的利歐看著那像是魔女的東西，難掩訝異。

「你要做什麼？」艾爾問。

「確認安全，把危險的傢伙引開。」胡佛說，「常有亞麻細亞在森林外圍徘徊，用魔傀引開牠們是最快的方式。」

「可是使用魔傀不是得待著不動？」

「你沒有用過嗎？」胡佛問。

「艾爾只用過一次，做了一個魔傀。」布南代為回答，「結果維持不到一分鐘它就自己消失了。」

「真的是弱到不行。」西恩嘲弄道。

「是喔。」胡佛摸了摸鬍子，「如果一次使用很多魔傀，最好是待著不動，因為使用越多魔傀神經就越敏感，不過只用一個的話，是可以行動的。」

「一個魔傀被攻擊，和同時有很多魔傀被攻擊，造成的傷害不一樣嗎？」艾爾問。

「當然不一樣。」胡佛說，「在很多魔傀的狀態下，同時被攻擊的話，就會造成精神失常。」

「你問這麼多做什麼，反正你又不能用。」西恩說。

艾爾不理會他。

「看來這附近沒有。」胡佛揮動手，讓魔傀回來，「我們村子大部分獵人都很保守，所以艾爾最好還是裝出失去簍子該有的樣子，他們不會覺得失去簍子兩天沒事很厲害，他們只會覺得很怪。」

「知道了。」艾爾說。

魔傀離他們越來越近，它的身後揚起飛煙，胡佛瞇起眼，「呃，那是風對吧？」

「蠢蛋，你把牠們引過來了。」西恩說。

「我去引開牠們，你們去森林吧。」厄爾說。

胡佛解除魔傀的當下，一頭亞麻細亞從地下飛躍而出，試圖咬住變成灰的魔傀，大量砂土揮灑，艾爾和西恩向右邊，其他四人向左邊分開。

利歐感覺有數頭亞麻細亞逼近，結果牠們在他面前衝到上頭，他立刻跟上，只見艾爾和西恩被牠們整個彈起，西恩似乎試圖用魔力抓住艾爾，但撲空，艾爾掉到一隻亞麻細亞的嘴裡。

「艾爾！」利歐叫道。

艾爾縮起身子免得被咬斷手腳，他在濕滑的舌頭上翻滾掙扎，這下可好，他想取下佩刀，卻一直打滑，他深吸口氣，奮力往牠的上顎揍了一拳，牠發出一聲咆哮，震得艾爾耳鳴起來。大嘴稍微張開了些，外面一片暗，他試著爬向嘴邊，牠又把嘴巴闔上，他繼續連揍好幾下，晃動與吼叫聲更大了，好不容易攀上牠牙齒後方的突起部分，再一拳，擊碎牠堅硬的牙齒，亞麻細亞將他吐出。

他身在地下，一口氣也沒喘，拼命往上，亞麻細亞不死心的追趕。

周圍的聲音像是隔了一層，轟隆隆地，吵得他不斷耳鳴，前進一段距離後，聲音急速放大，伴隨一股強烈的壓迫感，利歐突然出現在眼前，他手中放出火光，擊中艾爾身後的野獸，牠轉身逃走。但馬上又有數隻從右方過來，利歐抓住艾爾的肩膀，急速向上，衝出去的瞬間差點再次進入野獸的嘴裡，利歐和艾爾往旁邊逃開，追趕他們的亞麻細亞和同伴撞在一起。

兩人快速往森林前進，野獸們狂起追趕。其中幾隻被水刃給切成碎塊，其他亞麻細亞撲上搶食。西恩飛快趕上兩人。

「你們往森林跑，牠們不就會跟著進去嗎！」西恩指責道。

「你才不該隨便殺了野獸。」艾爾說，「那樣只會引來更多。」

「要不是我，你們早被吃掉！」西恩怒不可遏。亞麻細亞們繼續撲向他們，艾爾向右躲避，利歐抓著西恩向左，才沒被野獸壓扁。

「別碰我！」西恩甩開手。

森林就在眼前，三人全速前行，即將抵達之際，利歐迅速沉到地下去。

艾爾以為利歐被抓住，正要跟去，西恩按住他的肩膀，往後使了眼色。

一名獵人跟上他們。

「你們還好吧？」獵人問。

「沒事。」西恩說。

厄爾等人繞過蠶食同類的野獸，朝他們來。

「這不是林登嗎。」胡佛臉色因為方才的驚嚇顯得蒼白，但還是面帶笑容。

「我聽見這裡有動靜，過來看看。」林登說，「你該不會忘了要讓魔傀潛進地下才算檢查完成吧？」胡佛露出尷尬的笑容，林登先是皺眉，接著向厄爾脫帽點頭以示禮節，然後飛快地看了艾爾一眼，「快帶他們去集會處吧。」

在高不過十公尺的黑色樹木之間，隱約能看到灰棕色的房屋，村子附近的樹都沒有被砍下，或者說，那些房屋根本就和樹緊靠一起，或是一半在房屋裡。

「你們大概沒有注意到樹上的果實吧，因為它們跟樹一樣黑。」胡佛說，「但別被外觀騙了，吃起來可真美味。待會舉行慶祝會的時候，你們就可以品嚐到了。」

「馬法首領應該不會希望我們留下。」西恩說。

「你把我們的首領想得太小心眼了。」胡佛說。

「你們為什麼不砍掉樹？」艾爾問。

「人們最初來到這座森林，為了建造村子砍掉一部分的樹，連塊根和芽都不留，結果不久後原地又冒出新芽，不到半天就長得和人一樣高。」胡佛說，「就算換了地方，也是一樣的結果。」

「是仿生樹嗎？」布南問。

「仿生樹你不砍它也會枯萎，而且不一定會長在相同的位置。」胡佛說，「後來村長派獵人潛到地下才發現，這片森林其實是長在一顆巨大的種子上。」

「種子？」

「大概幾千年前就在了，僅僅一顆就能生成一片森林，真不可思議對吧。」胡佛笑說，「它的外殼非常堅硬，為了不破壞整體，只能小心地挖掘。」

「你們不怕魔女利用那些樹進入屋子嗎？」布南問。

「我打從出生起就沒在這森林見過庫耳曼，我想以後也不會。」胡佛說。

艾爾等人彼此互看一眼。

「野獸也多半沿著森林外圍經過，之前還很難得看到一群奪奪格拉。」胡佛說，「本來想抓幾頭的，不過被阻止了。」

艾爾正想問下去，身後傳來腳步聲，一名年輕的棕髮獵人跟上他們。

「是彭德啊。」胡佛笑道。

彭德很快的打量其他人，目光稍微停留在艾爾身上，轉向林登，「他們是誰？」

「赫納村的厄爾和貝李，三位是西頓村的艾爾、西恩和布南。」胡佛說。

「你身上味道真重。」彭德對著艾爾捏住鼻子，「你的簍子呢？」

胡佛僵住笑容。

「剛剛被吃掉了。」艾爾不假思索地說。

「被亞麻細亞嗎？」彭德說，「簍子被吃掉，真虧你能毫髮無傷逃出來。」

「是啊，身手真好對吧。」胡佛說。

「最重要的簍子被吃掉，不能說身手好吧。」彭德說，「你檢查過他們的村章了嗎？」

「沒必要吧，都是熟面孔。」胡佛說。

真敢說啊，艾爾拉下衣領讓彭德檢查，他發出困惑的聲音，「怎麼了？」

「你的後頸本來就凹陷下去嗎？還是被魔女詛咒？」彭德問。

「什麼？」艾爾伸手一摸，還真有個小窟窿，「我沒有被詛咒。」

布南雖然有些不解，但沒說什麼。利歐也摸著自己的頸後，那裡因為長期嵌著石頭所以才凹下去，但他先前確認艾爾的村章時，並沒有彭德說的那個痕跡。

真是怪了。

†

村裡最近接連迎接四個小生命，住在村長家隔壁的愛普太太兩天前生了一個男孩；羅德太太和里貝爾太太於昨天各生下一子，里貝爾太太生了個漂亮的女孩，羅德太太生了個男孩，這是她的第二胎。而今天，隔壁的戴爾太太生了一個女孩，這四個孩子全是由愛絲梅的母親接生，原本幫忙母親的喬林小姐得了熱病，母親便讓愛絲梅擔任助手，愛絲梅感到很興奮，當她看著戴爾太太熱淚盈眶地抱著自己的孩子，她也覺得很感動。

雖然村裡的男女比例差不多，不過同一時期出生的新生兒中，男嬰通常比女嬰多，大概近一半的男嬰會成為獵人。

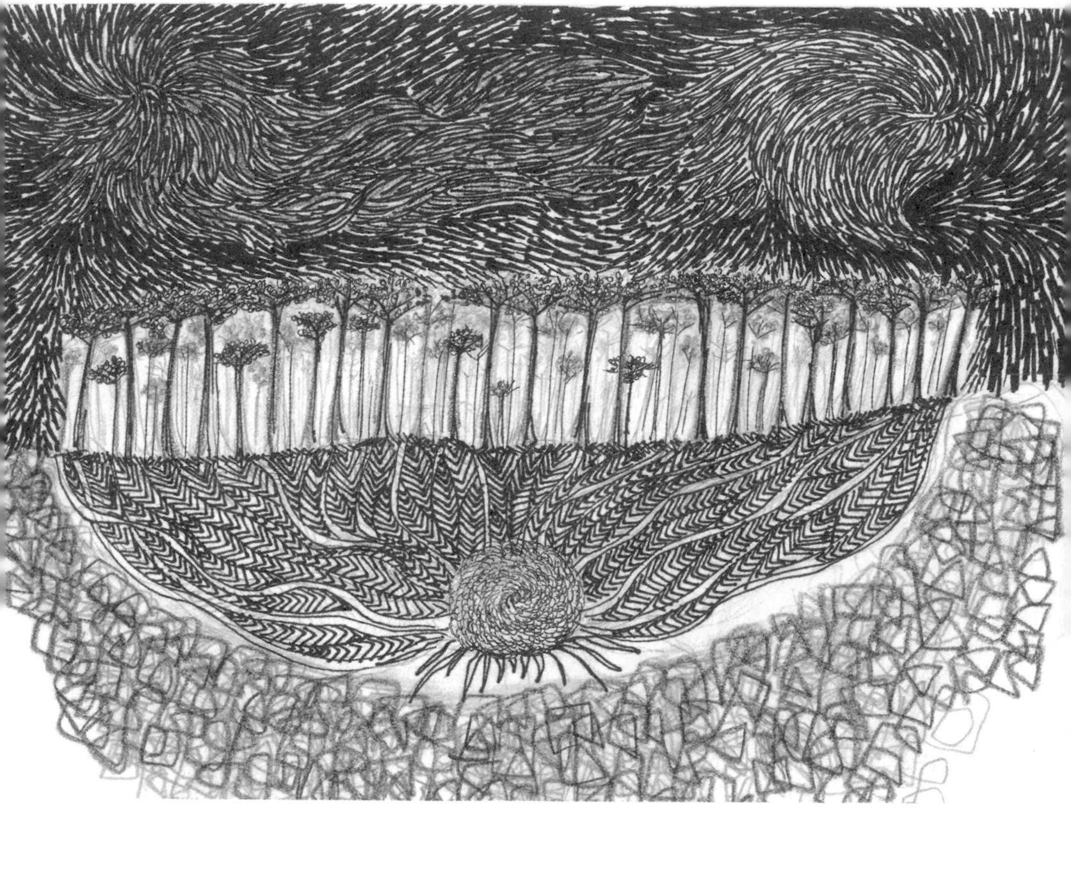

羅德太太的第一個兒子休易被判定能成為獵人，他去年滿五歲後，便和指導的烏克先生離開村子，直到休易十歲前都不會回來，為的是使年幼的獵人們能儘早變得堅強。戴爾太太慶幸自己生的是女孩，雖然能夠保護村子是件光榮的事，但對一個母親來說，她們最期望的不過是孩子能夠平安無事的長大。

每個新生兒都要接受測試，從他們身上取下一滴血，分別滴在獵人首領施過咒語的水裡。雖然四個嬰兒都要接受測試，不過大家心底都很清楚，女嬰成為獵人的可能性幾乎是零，漢尼村長說雪蘭村一直沒有出現過女獵人。但愛絲梅聽母親說，她接受測試的時候，她的血似乎凝結了那麼一下。

愛絲梅和彭德前後差了一個月出生，彭德被判定會成為獵人，負責指導彭德的獵人哈伯是她的叔叔。愛絲梅小時最喜歡哈伯述說在外地看到怪異風景，或是其他獵人村子的狀況，他說格雷葛區有個十幾萬人居住的大聚落，他們使用電器和一些機械，不過那些東西到了村子外就會失靈。

按規定獵人被禁止告訴村民任何魔怪的事，尤其是魔女，對村長及長老們則簡單提過，不多加描述，從外地來的獵人也被要求不在村民面前談論那些，這是為了保持他們對未知事物的害怕，並信賴保護他們的獵人。

哈伯會偷偷告訴愛絲梅那些稀有的野獸，或是狡猾的魔怪，他常說要是她能夠成為獵人，一定是個出色的獵人，愛絲梅也認為自己比看到牲畜生產會嚇到昏倒的彭德要適合當獵人。

儘管如此，愛絲梅有時仍會慶幸自己是個普通人。

哈伯叔叔告訴她，獵人從魔女身上獲得魔力，用這力量對付牠們，只不過接近魔物換來的代價，就是令獵人失去部分作為人的特性，他們五歲過後就不再吃人類的食物，而是靠螺狀的簍子才能生存，而經獵人之手栽種的作物無法長成，收穫的作物會迅速腐爛，砍下的柴火燃燒不久，甚至接生的牲畜容易生病。

獵人的壽命比普通人要長些，他們無法與女人生下孩子，因此年輕獵人通常不會待在村裡，就算留守也不能常出現，尤其是那些長得好看的，就像哈伯叔叔，他年輕時常因此遭到魔女的騷擾，後來還被想要他皮囊的魔女攻擊，右臉雖然復原，但臉上留下無法痊癒、可怕的傷痕。

愛絲梅已經十六歲了，她的母親最近常不經意地暗示她，誰家有個和她差不多年紀的兒子，或是直接問她對某個男孩的看法，甚至叫她考慮其他村子的男孩，讓她很無奈。如果能因為結婚到其他村子去，她會更積極考慮，但哈伯說過比起男孩，魔女更喜歡吃女孩，所以不能讓女孩離開村子。

愛絲梅和母親回到家梳洗一番，換上乾淨的衣服，似乎是算準她們回來的時機，班特太太來了，她送來幾件漂亮的織布，是她的獵人弟弟從外地帶回來的。愛絲梅知道班特太太的用意，很快和她打招呼後便匆匆離開。來到村子的邊緣，負責巡邏的獵人派洛等人向她點頭。愛絲梅在村子附近打轉，雖然獵人都沒看她，但她知道他們都在注意她，村子周圍只有低矮的柵欄，看起來好像隨時都能離開村子，不過只要有人離開，獵人就會從四面八方出現阻止。

愛絲梅走過充滿人的廣場，今天是秋起，收割的季節來臨，村裡的男人們穿戴草編的桶子，腰間掛著長刀，準備出發；女人們在廚房忙碌，將豐盛的佳餚擺上長桌；小孩們模仿大人的裝扮揹著小型桶子，手持木棍互相追趕，等著慶祝會開始。

一隻土黃色的狗走到愛絲梅腳邊，牠用鼻頭蹭她的鞋，她摸摸牠的頭。狗和家畜一樣沒有特定是屬於誰家的，但村民不會將狗集中起來保護，牠們能自由進出村子，最早以前村子還有許多大型犬，到後來生下的體型越來越小，有些狗離開村子後就再也沒回來過，大人便會以此警告小孩，外面的世界是多麼可怕。

愛絲梅抬起頭，昨天下過一場大雨，今天的天空仍是暗的可以，冬天時期更常是昏暗的讓人搞不清楚時間，她想到村長家那老舊的座鐘，一直到上個禮拜它才完全停止運作，他們認為家裡放著停擺的鐘不妥，當天就交給獵人燒毀。

愛絲梅望著森林那頭，看是否有彭德的身影。

彭德前不久請其他獵人轉告愛絲梅，他今天會回來村子。村民們從不懷疑獵人是使用什麼方式聯絡，但愛絲梅知道他們是用一種叫卡葛的魔怪，當村長或村民有事要聯絡他村的人時，都是由獵人代為傳達，或是來自其他村子的男人，也會請獵人替他和遠方的親人聯繫。

愛絲梅上一次看到彭德是五個月前，他已不是當年那個膽小愛哭的小男孩，是個獨當一面的獵人，比起村裡的男孩，和彭德聊天要有趣多了，只不過和彭德走太近，就會引來旁人的側目。

愛絲梅嘆了口氣，注視前方的黑色林子，當穿著一身黑服的彭德出現，她不自覺露出笑容，注意到彭德身後的胡佛，還有其他獵人們，她認出臉頰削瘦的是厄爾，其他獵人都沒有見過，看到那名白髮少年，不禁張大眼。

派洛先後與厄爾及貝李握了握手，看了看胡佛，「羅宋有帶回來嗎？」

「帶了。」

土黃色的狗對著艾爾叫起來。

派洛看看狗，又看看他。

「沒事的。」愛絲梅輕聲說道，一邊望向白髮少年。

少年別過眼。

「厄爾先生。」愛絲梅上前。

「好久不見了。」厄爾笑道。

「你們是來參加秋節的嗎？」愛絲梅問。

「他們只是剛好路過。」彭德說，愛絲梅看著他，微微一笑。

「我帶他們去集會處了。」胡佛說。

派洛回去巡邏，愛絲梅一直望著白髮少年。

「妳剪短頭髮了。」彭德說。

「之前剪的更短，現在已經留長了。」愛絲梅眼神充滿光采，「那個人的樣子真特別不是嗎？」

「他只是長得有點奇怪。」彭德沒什麼興致的說。

「他散發出來的氣質也不太一樣。」愛絲梅說著壓低聲音，「我想去集會處再多觀察一會。」

「什麼？」彭德皺起眉，「妳在開玩笑。」

「哈伯叔叔也帶我進去過，都沒被發現。」愛絲梅說，「而且今天大部分的獵人會和村民去收成，應該有個入口，在某段時間是沒人看管的對吧。」

彭德只是嘆氣。

「難道你不會好奇他來做什麼嗎？」愛絲梅恢復正常的音量。

「妳沒看到，他是來取簍子的。」彭德看愛絲梅那麼感興趣，心裡有些不是滋味。

「拜託，帶我去吧？」愛絲梅說。

「唔。」

愛絲梅稍微靠近彭德，「帶我去，我就吻你。」

彭德紅起臉，「妳不該對我說這種話。」

「那我該做什麼，你才願意帶我去？」

「妳什麼也不必做。」彭德嘆了口氣，「好吧，妳先回家等我。」

愛絲梅笑起來。

那隻土黃色的狗跟在後面停吠叫，胡佛揙手想趕走牠，牠叫得更起勁，胡佛只好朝牠扔出一小團火球，牠這才跑開。

艾爾看著那些揹著草桶的男人，他們排成一列行進。人們不時朝他投以目光，想到剛才那位有著褐色肌膚的少女，她那直率的雙眼，彷彿能看穿自己，害他有些緊張。

不遠處傳來奇怪的聲音，看過去，原來是牛，西頓村以前也有養過，可是養到後來多是病死。

「別和村民對上眼。」西恩說，「你會嚇到他們的。」

「你的表情比較嚇人。」艾爾說。

「閉嘴。」

「你們集會處的入口怎麼會設在村子裡？」布南問。

「我們的集會處就在村子的正下方，從來沒有換過。」胡佛說，「入口當然不止一個，有些設在村子周圍，有些在森林邊緣，不過第一次來的獵人，只能從村子的入口進去。」

「為什麼？」艾爾問。

「我也想知道呢。」胡佛突然逼近，「村子的入口剛好在魯歌森林的中心，不知道跟這有沒有關係。」

眾人來到一棟有個圓形屋頂的小屋前，胡佛打開門，讓其他人先進去，「我知道我們可以直接穿透門過去，不過我們盡量不在村民面前使用魔力。」

小屋裡有座水池，裡面還有魚在游。胡佛割傷手指，在自己的額上印下一指，接著為厄爾及艾爾印下，「你確定不修補？」他再次向西恩確認，西恩不耐煩地搖頭，「那你和布南留在這裡。」

「我也留下吧。」貝李說，「替我向馬法首領問好。」

厄爾點點頭。

胡佛走進深不過小腿的水池，魚群紛紛游開，走到中央時，整個人筆直落下，艾爾跟在厄爾身後。彷彿有股力道將他們吸住，清涼的水滑過臉頰，艾爾看著腳下的厄爾，他不禁擔心這麼快的速度會踩到對方，結果厄爾一落到地面便輕快地往前一躍，艾爾落地時身體稍微傾斜一邊，立極站穩腳步，跟厄爾通過門。

裡面是個圓形的空間，中間的石桌是橢圓形，周圍有各種形狀的門框，除此之外和西頓村的擺設差不多。

除了胡佛外，只有四個獵人，原本在談話的獵人們一見到艾爾便停止談論。

「首領去哪了？」胡佛問。

「他在下層。」身材壯碩的男子走向他們，和厄爾握了手。

「奧休他們應該來過了吧？」厄爾問。

「是的。」獵人說，「他們找到富格首領了嗎？」

「還沒有聯繫。」

獵人目光轉移到艾爾身上。

「他是西頓村的艾爾，另外還有兩位西頓村的獵人，以及貝李在上面。」胡佛走到其中兩扇門的中間，於上下左右各點一下，點與點連成線，突起一個正方形的面，像是手掌的大小，按下後出現一個細長、陰暗的通道，「跟我來。」

艾爾知道利歐不可能在集會處，但有種他在附近的錯覺。

寬不到一個手臂的通道，當胡佛走進去，不知是通道變寬了，還是胡佛變小了，艾爾上前一步，整個人進了通道，回頭看去，入口已經離得有些遠。

厄爾默默跟進。

胡佛伸手摸右側的牆，打開一道門，裡面充滿草木的味道。他從甕裡取出兩根青黑色的魔竹，再從簍子取出細長的雙鉤子，盤腿一坐。

艾爾脫帽走到胡佛面前，坐下。

胡佛將魔竹和鉤子呈垂直擺放，其中一端鉤住魔竹，開始旋轉，另一端的鉤子冒出灰白色的物體，他一邊哼唱，一邊擺動身體，灰白色的物體堆疊形成螺狀，另一端的魔竹只剩幾公分長，最後，他抓起艾爾的手，輕輕劃下一刀，讓血滴入逐漸變硬的簍子，原本灰白色的簍子先是變紅，接著變黑。他從自己的簍子裡取出一條繩子，一圈一圈繞在簍子上，繩子慢慢陷進簍子上的細縫裡，多出的部分作成揹帶。

「那傢伙在唱歌嗎？」外頭的獵人說。

「看來他心情很好。」另一人說道，「上次抓到西瓦特的時候也是這樣。」

艾爾接過簍子，揹起，「謝謝。」

「不客氣。」胡佛一臉期待的看著艾爾。

不，他什麼也不會給的。

不說眼球，艾爾也不想將自己的血交給胡佛。

「我去請馬法首領來，順便帶魔女頭，你是吃什麼魔力？」胡佛問。

「土。」艾爾說。

「如果你留在這裡幫助我研究，費羅首領應該不會反對吧？」胡佛問。

「我不確定。」艾爾說。

「所以我要拿一顆土魔女頭，厄爾先生是木魔力對吧。」胡佛說，「貝李是水，布南是木，那個叫西恩的呢？」

「水。」艾爾說，「你有這麼多魔女頭？」

「我們這裡有棵會長出魔女頭的樹。」胡佛笑說，「那棵樹長在地底下。」

艾爾非常驚訝。

「啊，不過別跟費羅首領說啊，馬法首領有交待不要告訴你們的。」胡佛訕笑道，「我們本來以為那些只是像頭一樣大的黑色果實，鑽開其中一顆後裡面發出火光，放到簍子後也能得到魔力，那棵樹一直保持十四顆果實，只要切下一顆，就會長出新的。」

艾爾想像那個畫面，不免覺得噁心。

「我們曾想幫助魔女稀少的赫納村，折了樹的枝節。」胡佛說，「結果出了森林就枯了。」

「原來你們有這種打算。」厄爾說，「雖然可惜沒成功，但還是謝謝你們的心意了。」

胡佛感嘆一聲，「我去切魔女頭吧，你們在這裡等著。」

目送胡佛離去，聽見他和其他獵人的談話聲，厄爾吐了口氣。

「老實說，我本來想帶他進來的。」厄爾指的是利歐，「如果給他做簍子，給他下魔印，說不定會成功。」

「但失敗的話，馬上就被發現了。」艾爾說。

「是啊。」厄爾抓了抓帽子，皺了皺眉頭，雙手插在腰上，「我一直在思考，為什麼你喝了他的血會沒事，如果換作我或其他人也會同樣有效嗎。」

艾爾看著厄爾。

「說不定他的血只對你有用。」厄爾說話的速度越來越慢，「說不定艾爾你不是獵人。」

艾爾感覺雙頰發燙，他不是沒有思考過這點。「你也想抓利歐回去研究吧。」

「一開始是有這個念頭，但和利歐相處下來，越覺得不能這麼做。」厄爾說，「我相信如果換作是卡洛斯，他也想其他辦法了解利歐。」

艾爾望著他，「去找富格首領的獵人們還好嗎？」

厄爾搖頭，「他們已經死了。」

「那個紅毛魔女呢？」

厄爾直接把手伸進簍子，渾身一僵，「她不見了。」

艾爾緊張起來，「也許是剛才聽到胡佛說有很多魔女頭，就跟著去了？」

「但我的簍子裡還有魔女頭。」厄爾邊摸索著說道。

「魔女應該沒有特定吃哪種魔力對吧？」艾爾說，「還是她不想吃魔女頭？」

厄爾面色鐵青，通道傳來腳步聲，一名黑髮獵人探頭進來。

「馬法首領回來了。」獵人說，厄爾和艾爾隨獵人回到石桌旁。身材魁梧，有著寬厚下巴的男人走向他們，和厄爾相互擁抱了下。

艾爾看男人的右手提著兩顆人頭大的黑色果實。

「你要去找富格首領吧。」馬法說，「明明已經派了奧休他們，你還是堅持親自去嗎？」

「是的。」厄爾說。

「你應該很清楚，富格首領是凶多吉少。」馬法說，「身為下任首領，你該更小心才是。」

「我會的。」

馬法打量艾爾，「你也打算去約格魯山嗎？」

艾爾點點頭。

「你已經十五歲了？」

艾爾很肯定的點頭。

「真勇敢啊。」馬法不懷好意地笑著，將黑色果實交給艾爾，另一顆交給厄爾，「這是見面禮。」

「感激不盡。」厄爾說，艾爾跟著低頭。

以往得到新的魔女頭時會感到舒暢，但艾爾現在非但沒有，還覺得有點重。

馬法舉高手，桌面浮出一個小方台，「胡佛那人好奇心太重，如果他對你說了什麼失禮的話還請見諒。」他招手示意要艾爾把手放到台上。

左手背被劃下十字時，似乎比之前要疼痛。馬法口中唸唸有詞，從傷口流出的血散開後形成一個圓，接著變化成左右對稱的圖形。他看著魔印，不禁感嘆，這麼久都無法使用魔力，竟能平安無事。

「還好不是連村章都失去呢。」馬法說，「要是不小心死掉，你的屍體會誕生比以往更多的魔女。」

「我知道。」艾爾說。

「首領，胡佛希望他留下。」黑髮獵人說。

「不行。」馬法說，「希望你別介意我這麼說，但我們的村民連庫耳曼都沒見過，你的樣子太容易讓人感到疑慮，希望你以後經過這裡時，也不用特意進來打招呼，若需要幫忙，就先通知我們的獵人吧。」

「我明白了。」艾爾說。

「祝一路順風。」馬法說。

厄爾走到方才進來的那扇門，艾爾向上看，正疑問要怎麼回去，只見厄爾繼續向前走，門身後重重關上，他們一口氣也沒喘，周圍的螢光食木隨他們靠近而亮起。艾爾邊走邊感覺地面似乎在蠕動，看來腳下奇怪的物體能幫助他們加快行進的速度。

「等等。」艾爾說，厄爾停下，腳下的物體也停止活動。

低沉的聲響從地下接近。

利歐看艾爾他們進了村子後，便在村子的下方徘徊。雖然沒有感覺任何獵人的氣息，他還是用魔力將自己偽裝成一個土人。

他是第一次來這座森林，景色沒有特別之處，但越是往前，就有股不尋常的氛圍，似乎遠在天邊，似乎近在眼前。

可是除了樹根和一堆碎石，什麼也看到。

對了，或許獵人聚會的地方就在附近，但應該需要雪蘭村的獵人的血才能進去。既存在又看不見的空間，真不可思議。

利歐突然靜止不動，瞬間和周圍的土地融為一體。一個年輕獵人鑽到地下，和他擦身而過，完全沒有發現，他卻從獵人身上嗅到一股香味。

艾爾他們大概要再一會，利歐不動聲色跟著獵人，他不是打算吃掉獵人，只是好奇而已，沒錯，就算那味道好聞得要命。

行進好一段距離，獵人開始向上，利歐等他上去後，依附在某棵樹下，不到一分鐘後，他悄悄延著樹身上去，只露出臉的上半部。

「還好嗎？」獵人問，利歐嚇了一跳，結果他是在跟另一人說話。是一名黑髮少女，好聞的味道是從她來的。

「你的簍子沒有變小吧。」少女說，「看來我得減肥了。」

「妳現在這樣就很好了。」獵人說。

她剛剛躲在簍子裡？利歐覺得很滑稽，也佩服少女不害怕裡頭的魔女頭，不知是否雪蘭村的村民皆是如此，因為他以前觀察西頓村的村民時，任何風吹草動都容易讓他們變得緊張兮兮。

「好了，你先去確認有沒有人吧。」少女說。

獵人率先進入一棵傾斜的樹裡。

真好啊，利歐有些羨慕。

少女沒有跟進，她突然回頭，筆直地和利歐對上眼，困惑的眼神漸漸為害怕占據。利歐也不知道在想什麼，露出整張臉，然後用手勢示意要她別叫。

「你不是獵人吧？」少女小聲問。

利歐搖頭，準備離去。

「來村子裡的那個是嗎？」

利歐想了下，點頭。

「你無法說話嗎？」少女問。

「別跟其他人說妳看到我，拜託。」利歐說。

「當然。」少女露出好看的笑容，「我也是偷偷來這裡的。」

利歐也笑了。樹身開了一個洞，他趕緊躲起來。

少女咳了咳，「怎麼樣？」

「都沒人。」獵人咬破手指，溫柔地在少女額上輕按，「不過馬法首領在，還是小心點。」

「好的。」少女隨獵人進去前，回頭向利歐揮手。

利歐也揮手。

†

貝李靠在唯一的小窗邊，盯著外頭。

過了一會，派洛帶著兩名獵人到入口的小屋前，打開門。

貝李看著臉逐漸漲紅的孟克，

「你在這裡做什麼？」孟克問。

「我在等厄爾先生。」貝李說。

「厄爾先生也在這裡？」丘茲有些訝異，「他知道富格首領被抓走了嗎？」

「我們就是為此來的。」

「你到底在想什麼？」孟克不顧旁邊有其他村子的獵人，氣呼呼地責問，「你以為用魔傀能呼嚨我們多久？」

「我看是挺久的。」貝李說。

「那你到底有沒有找到魔人或是複身魔女？」

布南突然咳了幾聲，孟克望著他和西恩。

「你是西恩吧。」孟克說，「你知道你們的夥伴被魔人吃掉了嗎？」

派洛皺起眉，「什麼？」

「你是說艾爾吧。」貝李看了西恩一眼，「厄爾先生救了他，現在在集會處。」

孟克瞪大雙眼，「那個魔人呢？」

「暫時甩掉了。」貝李說。

「不過牠也可能會跟著你們來這裡？」派洛帶著責難的眼光。

「我知道，只是庫耳曼似乎不會進來這座森林。」貝李說。

「但是……」

「我們準備把牠引到庫耳曼之森去。」貝李說，「西恩已經向費羅首領請求支援，在他們到來前我們不會與魔人正面對上。」

「把魔人帶到充滿魔物的庫耳曼之森？」孟克說，「你們到底在想什麼？」

西恩眼角微微抽搐。

「如果牠真的對艾爾有興趣，何不把艾爾當作誘餌。」丘茲說。

「是啊，我們正是那麼打算的。」貝李說，布南面露驚愕，「但不能告訴艾爾，畢竟我們不確定他是否已經被魔人催眠了。」

「要不我們也招人手來吧？」孟克說，「要是能抓到魔人可不得了。」

「我去通知馬法首領。」派洛前腳才踏進水中，水池一角冒出泡沫，連同旁邊的地面湧出綠色的液體，接著冒出數顆長形的頭部，一對細長的耳朵，長形的身軀，長又粗壯的四肢，和奪奪格拉差不多的巨大體型，自地下衝出，撞破小屋的門窗，厄爾和艾爾狼狽地跑了出來。

「快抓住牠們！」厄爾叫道。

在一閃而逝的畫面中，孟克等人看到其中一隻靈馬背上，有個黑髮少女。

失去右手臂的彭德在靈馬身後出現，「她抓走愛絲梅了！」

艾爾在其他人反應過來前抓住一隻靈馬頸邊的長毛，他知道是紅髮魔女讓這些原本就精神敏感的野獸變得如此暴躁。

魔女舉起手，數隻靈馬跟隨而來。牠們奔跑的速度之快，周圍的景象在短短數秒間變化快得令人眼花撩亂，他們經過一群採收果物的村民身邊，所有人被嚇得四處跑走。

艾爾望著後方追趕的獵人，除了厄爾他們，還有雪蘭村的獵人十幾名。

「你來啦。」魔女說。

艾爾往魔女的視線望去，利歐不知何時跟上來的，是說他竟然追得上靈馬，「妳為什麼要這麼做？」

「沒有時間了。」魔女說，「魔犬就快重生了。」

「妳怎麼知道？」艾爾問。

「我能感覺到。」魔女說，「我能感覺到，牠們在呼喚我，這樣不行，我得引獵人們去阻止牠們。」

「所以妳才抓這個女孩？」艾爾說，「妳不會傷害她吧？」

「我希望不會。」魔女轉向利歐，「她身上味道太香了，不是嗎？」

利歐無視她。想起艾爾先前說獵人重視村民的性命，原來是真的。

「這給你。」魔女從背部取出一顆魔女頭，扔給艾爾，「我多準備了幾個。」

艾爾把魔女頭放進簍子，前方突然升起一道水牆，魔女雙手變成一團黑霧，但馬上又變回手的模樣，艾爾和利歐連忙上前，用土魔力將水牆從中隔開。

「妳還好吧？」利歐問。

「沒事。」魔女喘著氣說。

「妳知道他們也騎靈馬吧？」艾爾說，「到約格魯山前我們可能會先被追上。」

「把你的魔力放進牠的頭裡。」魔女說。

「什麼？」

魔女的手貼近靈馬的後腦勺，「想像水流進土裡，慢慢把魔力滲透，灌入牠們腦中，牠們能跑得更快。」

艾爾第一次知道有這種作法，他半信半疑抓住靈馬後頸，釋放魔力，利歐也依樣照作。

「其他靈馬也拜託了。」魔女說。

靈馬的速度越來越快，一下子就遠遠甩開身後的獵人們。艾爾數了下，除了他們騎著的三匹，還有五匹靈馬，「我們不需要那麼多隻吧？」

「你之後會明白的。」魔女說，「我們應該明早前就能到約格魯山。」

艾爾有些無奈，他本來希望可以平安無事到庫耳曼之森，結果卻變成這樣，唯一慶幸的是他們應該沒看到利歐。

魔女不斷回頭察看，確定完全不見獵人們的身影，「差不多了，在這裡把她放下。」

「在這裡？」利歐吃驚地說。

魔女咬破自己的手指，在靈馬兩眼中間劃下一豎，牠的雙眼頓時睜大，爾後變得無神。

「妳打算讓女孩也沉到地面下？」利歐問，「她只是普通人。」

「靈馬身上會生出一層保護自己的氣膜，只要和牠一起就不用擔心會窒息。」艾爾說，「牠們跟獵人不一樣，不需要魔力，想在地下待多久都行，以前獵人探勘新地區時也會帶著牠們。」

魔女拉起靈馬身上的繩子，將少女妥善地綁好，她輕拍牠的頭後跳至另一隻靈馬身上，「去吧，孩子。」

被催眠的靈馬快速下沉。

「雖然她不會窒息。」艾爾說，「但要是有野獸靠近怎麼辦？」

「雖然被催眠，逃走的本能還是有的。」魔女說。

「那些獵人會不會跟丟我們？」利歐問。

「他們會用卡葛追蹤艾爾，所以絕對不會。」魔女說。

「要是我剛才沒抓住靈馬呢。」艾爾問。

「我知道你會抓住的。」魔女笑道。

艾爾皺起眉，「差不多該告訴我們這是怎麼回事了吧？」

第十二章 朵絲

她們在腐爛的屍骸中被發現。

她們在一個裝著屍骸的盒中被發現。

她們在富格裝著魔犬骨骸的盒中被發現。

富格將盒子帶到森林某處，他沒有殺了她們，只是丟著不管。

她們沒有離開，她們在原地等待。

過了幾天，富格回來了，他有些訝異，表情充滿複雜的情緒。

富格決定要照顧她們，他給她們取了名字，達絲和朵絲。

她們有一模一樣的臉孔，連手腳的外皮顏色，還有凹陷的部位都一樣，不過達絲身形要大些。

她們不管到哪裡都一起行動，在富格還未當上首領前，他帶著她們走遍克洛茲森林及鄰近地區。

她們是嗜殺嗜血的魔女，但她們從來不會想吃了對方，她們也沒有吃過村民和獵人，更不會想吃掉富格。

沒有別的，她們最大的願望不過是活下去。

†

「富格當上首領後，不能再到遠方，我們活動的範圍也縮小了。」朵絲說，「有次和達絲狩獵野獸不小心被卡洛斯撞見，卡洛斯答應不會告訴其他人我們的存在，但他要求我們為村子盡一分心力。而首要解決的，就是魔女數量太少的問題。我說減少埋在地下的奪奪格拉的蛋，達絲則說把能夠成為獵人的小孩丟棄在森林，減少獵人的數量。最後我們採用卡洛斯的提議，誘使或脅迫其他魔女，將她們帶到村子附近，不過那方法也只能偶爾為之。」她看著利歐，「聽說你的同伴都被赫納村的獵人殺死了，那一定是達絲做的。」

利歐緊皺眉。

「卡洛斯後來又想出一個解決辦法，就是在村子附近的下方作一個沼澤，沼澤的濕氣能夠吸引魔女，而且因為有被施咒的蛋殼，不用擔心她們會進入村子。」朵絲說，「我們和卡洛斯一同尋找蒐集適合的野獸屍體或植物殘骸，白天我們待在卡洛斯的簍子裡，晚上再分開行動，我後來因為感染熱病，卡洛斯先帶我回赫納村後便離去，幾個月前，達絲派卡葛傳來消息。」

「妳是說卡洛斯吧？」艾爾說。

「是達絲，我也有一個，卡洛斯替我們準備的。」朵絲說，「獵人從魔女身上得到魔力，所以說，獵人能用卡葛，魔女也可以，就像晝縛也能用來對付獵人。」

利歐想起艾爾先前戴著晝縛的事，不禁疑問，艾爾是在知情的狀況下給自己戴上的，那樣也太不聰明了。

艾爾察覺利歐疑惑的目光，心虛的別開眼。

「我那時身體也好的差不多了，便南下與他們會合。」朵絲說，「達絲帶著一群奪奪格拉，大部分都只剩皮囊，裡面裝的是牠們的蛋。」

「妳是說，那群奪奪格拉都已經死了？」艾爾問。

朵絲點點頭，「被下咒的蛋變成黑色，你簍子裡那些蒙朗的蛋殼應該是被影響才跟著變黑。」

「達絲收集野獸的皮和蛋不是為了製造沼澤，而是魔犬嗎。」利歐低喃。

「達絲是這麼說的。」朵絲說。

「厄爾說他們養過魔犬，是什麼時候的事？」艾爾問。

「大概七十多年前，俄華沼澤周圍還居住成群的魔怪和野獸。」朵絲說，「那時魔女數量太多，為了解決這個問題，當時的首領接受某個外來者的幫助，他帶來禮物，也就是魔犬。牠們喜歡陰暗的環境，並且嗜血，除了首領和少數獵人，還有當時年幼的富格之外，沒有人知道牠們的存在，每當夜晚來臨，獵人把魔犬放到森林，讓牠們去獵殺魔女。」

「其他人都沒有發現？」艾爾問。

朵絲搖頭，繼續說下去：「你也知道，後來發生一場大地震，沼澤乾涸了，魔女的數量逐年減少，無法在狩獵上得到滿足的魔犬便攻擊村民。在所有長老的要求下，獵人們盡全力撲殺魔犬，有幾隻暫時逃過一劫，帶牠們逃走的，就是富格。」她說著表情越顯痛苦，「富格希望牠們離開森林，但牠們的地域性太強，不願意走。後來追著富格的獵人趕到了，殺死剩下的魔犬們，富格偷偷留下其中一隻魔犬的脊骨，作為紀念。」

「他沒有想過，屍骨可能會生出魔女嗎？」艾爾問。

「他當然想過，所以特地把它曬乾，把濕氣都逼出來。」朵絲說，「我還記得他第一眼看到我們的反應，他在笑呢，也許他原本以為是魔犬重生了。」

「為什麼達絲要重生魔犬？」利歐問，「魔犬應該還沒絕種吧。」

「也許吧。」朵絲說，「我和卡洛斯都認為這風險太大，希望達絲不要再進行下去，但她拒絕，並攻擊我們，卡洛斯的簍子被毀掉不久後就被殺死了。而我作為她多年的同伴，她沒有殺死我，但也差不多了。當我醒來，覺得身體很沉重，完全感覺不到手腳。」她說著停了會，「後來艾爾來了，我趁你不注意躲進簍子裡，我知道你們會把卡洛斯的屍體送回赫納村，我本來希望能在達絲之前警告富格。」

「結果富格首領他……」艾爾喃喃地說。

「我也不願相信他會認同達絲的作法，就像我無法相信達絲會對卡洛斯痛下毒手。」朵絲眼神空洞，像是在回顧當時的情景，「有時你自認很了解對方，事實卻相反，不過似乎也有跡可循，富格或許一直對當初未能拯救魔犬而自責，在幾年下來，這種情感扭曲成了對同伴的恨意。」

「可是魔犬不是用來抓魔女的嗎？」利歐說。

「獵人用來抓魔女，你們想魔女會用牠們來做什麼？」朵絲說。

艾爾和利歐互看一眼。

紅山群及庫耳曼之森分隔出五座大陸，他們所居住的大陸被稱作赫辛布區，如同另外四座大陸，赫辛布幾乎為森林覆蓋。以大沼澤劃分森林範圍，並以其名稱命名，像是克洛茲森林、貝茲森林、俄華森林等。魔怪們依附沼澤生存，白天休息，到了夜間才活動，即便是性情難以捉摸的魔女們，也同樣照著這樣的作息。

圍繞在赫辛布邊界的是截然不同的森林群，也就是庫耳曼之森，被更加巨大的樹木覆蓋，充滿各種寄生樹及散發毒氣的樹木，不管是白天或是夜晚，永遠是一片陰暗，那裡居住許多還未被紀錄的魔怪及野獸，以及連身經百戰的獵人也會畏懼的高階魔女。作為森林的入口，便是約格魯山。

約格魯山的兩側聳立如山高的巨大黑灰色岩壁，以及深不見底的峽谷。峽谷兩邊延伸寬窄不一的陸橋，有些窄的連一人都無法平穩站在上面，有些寬廣但厚度只能支撐較輕的重量，除了能夠使用魔力的庫耳曼和獵人，還有翅足獸及羽足獸，或是體型較小的魔怪與野獸，多數魔怪及野獸都無法順利進去庫耳曼之森，反之亦然。

隨著夜晚到來，晚風越加強烈。天空的雲層未曾見過的厚實，夜越深，他們也越接近約格魯山，眼前那座黑壓壓的高山彷彿在擴散，將附近一切都染黑。跑在前頭的四匹靈馬接連發出嘶叫，只見牠們以不自然的姿勢倒地，奮力掙扎。仔細一看，黑色的地面浮著扭動的物體。

艾爾拉住靈馬的耳朵讓牠停下，利歐也照做。

「是亞婆列。」朵絲說，「讓牠們跑在前頭果然是對的。」

利歐皺起眉，趕緊用藤蔓綁住受驚的靈馬們，將牠們拖出亞婆列覆蓋的範圍，艾爾則用魔力阻斷亞婆列。

「何必多此一舉。」朵絲手伸進肚子裡，然後手指右前方，「往那裡走。」

「妳怎麼知道？」利歐問。

「達絲把我們的卡葛都吃了，我即時搶救一部分下來。」

艾爾想起什麼，「之前進去赫納村的集會處時，為什麼妳沒有被擋下？」

「我用卡葛裡的富格的血。」朵絲說，「不過別擔心，我們沒有告訴過其他魔女，只要有獵人的血就能進他們的集會處。而在進去西頓村之前，我也讓卡葛吸了你的血，不過你好像挺遲頓的，所以連我在裡面都沒發覺。」

艾爾雖然覺得丟臉，仍是問下去：「但就算有血印，魔女應該也進不去啊。」

「可能因為我們是沼澤魔女吧。」朵絲說，「這是我和利歐唯一的共通點了。」

那完全無法說明任何事，艾爾只覺得頭痛得可以。

利歐看著朵絲手中的卡葛，牠不斷向著前方，然後微微朝下。

「看來在地下。」利歐說。

「等到牠完全呈現垂直再潛下去也不遲。」朵絲說。

利歐輕哼了聲。

「你在想什麼？」艾爾斜眼看他。

「沒什麼。」利歐手中的藤蔓被扯得很緊，靈馬們依舊非常躁動，現在放開牠們很可能胡亂衝撞而受傷，他，起身跳到艾爾身後，放出手狀的水魔力，輕撫牠們頸後的鬃毛。

「行了，讓牠們走吧。」待牠們冷靜下來，艾爾說道。

「前面是峽谷，你們用土魔力搭一條路出來，讓我們到對面去。」朵絲說。

利歐用水魔力沖開亞婆列，艾爾用腳輕踢靈馬的下腹，牠提步上前，朵絲緊跟在後。來到崖邊之際，利歐用土魔力作出扎實的寬廣的路面，艾爾猜他應該是不想讓靈馬看到下方而驚慌，結果騎上半路時魔力突然解除，他們迅速墜落。

向上看天空似乎變亮了，下方則是無止盡的黑暗。

艾爾和朵絲都在大叫，利歐不慌不忙從懷中取出黑皮囊，用力向兩匹靈馬甩去，皮囊瞬間張大，罩住兩頭靈馬，他再次揮動手，收回縮小的黑皮囊。接著用藤蔓纏住自己和艾爾以及朵絲，所有動作一氣呵成。

「你在做什麼？」朵絲激動得發不出聲音。

「不是說，最危險的地方就是最安全的地方嗎。」利歐說。

「你這個瘋子！」

利歐用水魔力將他們圍起，從水球外拋出細長的水繩，兩端吸附這一側突起的峭壁，一端則投向對面，暫時停止下墜。

「你要做什麼？」艾爾問。

「對面有個洞口。」利歐說。

「你不是想進去那裡吧？」朵絲說，「裡面很可能都是亞婆列。」

「進去就知道了。」利歐解除這邊的水繩，瞬間衝往對面，即將撞上山壁，他在水球的外圍生出一層土，亞婆列層層覆上，開始將他們往下拉，他感覺手臂被扯緊。

艾爾伸手緊貼水壁，最外層的土突起數根刺，亞婆列鬆開的瞬間，利歐全力把他們拉上去，來到洞口前，強風將他們吹的上下擺動，進入洞口的下一秒，尖銳的風吼聲停止，只有三人的喘氣聲。

利歐放出靈馬騎上，解開藤蔓，一邊升起火亮路，一邊安撫狂奔的靈馬，前頭是一堆交錯的樹根。

「小心！」朵絲叫道，「這些樹根的樹液有劇毒，要是用蠻力破壞……」不待她說完，利歐用火燒開那些樹根，「你到底有沒有在聽我說！」

「只要我們夠快，就不會被樹液潑到了。」利歐說，朵絲低啧一聲。

「你這傢伙。」朵絲忍住怒氣，「做事前先想一下後果。」

「反正我們成功了。」利歐笑道。

朵絲一臉氣得牙癢。

「你怎麼知道那裡有洞口？」艾爾對一樣是第一次來的利歐感到疑問。

「猜的。」話雖這麼說，其實剛才為了救靈馬，木魔力碰觸到亞婆列的瞬間，異樣感襲身，好像能感覺到亞婆列想要吃掉靈馬的渴望；與此同時，還有種對於某處的厭惡感，掉下去的時候，他便很快便注意到對面山壁有個細長垂直的洞口，亞婆列匍匐周圍不進去，原來是怕有毒液的樹根。

艾爾心跳極快，他一樣被嚇得不輕，明明很生氣，嘴角卻忍不住揚起。

越是往前，樹根間的空隙變大，不時有風吹過，明明他們身在數百公尺下的狹縫裡，卻沒有想像中的黑暗，靈馬跑了一陣後便慢下來用走的，艾爾和利歐都往上看，天空如絲般細長，乳白色的月亮從雲層縫中露出，裂縫間的巨大陰影頓時發出白光，有如一輪滿月。

「浮月沼澤。」艾爾喃喃地說。

「那是沼澤？」利歐瞇起眼。

「我也是第一次看到。」艾爾說。

白光像是沿著葉片的露珠滴落，餘光拉成一線，落在他們前方不遠處。

「那裡。」朵絲跳下靈馬，跑向前方，利歐隨後。

艾爾正要前進，注意到上方兩個黑色的扁平屍體，高掛在樹根之間，隨風擺盪。

應該是厄爾的夥伴，艾爾乾吞一口氣。

利歐和朵絲朝光線落下的地點走去，艾爾察覺他們腳底下發出微弱的綠光，「利歐！」與他的叫聲同時，地下冒出數株大型螢光食木，靈馬瞬間被吃掉半截，利歐和朵絲往左閃躲，艾爾往右躲開，跳進漆黑的山壁裡。

艾爾潛行一會，碰到一大片樹根，他沿著樹根越是前進，心臟和肺部受到的壓迫感更大，照理說沿著樹根粗大的方向應該會到上面或外面，他卻不斷往下，似乎失去方向感，突然，察覺有什麼接近，他不多作猶豫，加快速度遠離。

第十三章　魔犬

艾爾回頭，沒有看見半個影子，才想是不是自己的錯覺，樹根表面冒出一隻手抓住他，拉著他繼續往下沉，一會，感覺脫離樹根，穿過交錯的樹枝樹葉，魔女將他壓在地上，張開大嘴，他抽刀揮舞，魔女向旁跳開，他趕緊起身，彼此對上眼的瞬間，停止攻擊的動作。

艾爾見過這個腰部只有骨頭的黑毛魔女，她是利歐的夥伴，「溫頓絲？」他不太確定地說。

「利歐？」溫頓絲馬上笑著拍起手，「我剛才還以為是獵人呢，真的太像了，你不繼續作誘餌，或是直接替我們抓獵人嗎？」

艾爾沒答腔，只是注意周圍，大大小小不等的石塊中似乎都混入了螢光食木，一接近就發出微光，照亮成堆的野獸皮毛，他感到一陣噁心，但魔女正看著他，他只好忍住。

「是我的錯覺嗎，你好像有哪裡不太一樣。」溫頓絲說。

「妳在這裡做什麼？」艾爾問。

溫頓絲露出一抹微笑，「跟我來。」

艾爾有不好的預感，但也只能硬著頭皮跟過去，離開樹窟，進了一條小通道，堆積的獸皮沿著通道，不知延伸到哪裡去。

「你怎麼會想到要來這裡找我們？」溫頓絲說，「還是說，你發現巢穴沒人，就自己一個人來約格魯山了？」

艾爾沒說話。

「這麼沉默還真不像你啊。」溫頓絲乾笑幾聲，「不要緊的，利歐。我不怪你想離開我們，像你這樣的孩子比較適合庫耳曼之森，或者說庫耳曼之森比較適合你。」

艾爾不想理她。

「我們有個新同伴。」溫頓絲說，「她是沼澤魔女，所以你跟她說話要小心點，免得被吃掉……」

她摀住自己的嘴，笑聲從指縫間穿過。

她說的是達絲？原來達絲是沼澤魔女？

「妳笑什麼？」艾爾被她盯的全身不自在，忍不住說。

「沒什麼，只是見到你太高興了。」溫頓絲說，通道盡頭外的牆上發著紅光，她的步伐越來越慢，笑容也漸漸退去，「在那裡，你去吧。」

「妳不來嗎？」艾爾問。

「我待在這裡就好。」溫頓絲整個人像縮小了一圈，「你快去吧。」

艾爾走出通道，和身在獸皮裡的達絲四眼相對。

「就是他了，達絲！」溫頓絲喊道。

達絲只是望著艾爾。

「妳在等什麼？」溫頓絲稍微靠近，「妳答應過我們的！」

達絲仍無動於衷。

通道那頭傳來說話的聲音，一會，一名紅髮魔女和黑髮魔女出現。紅髮魔女看著艾爾，面露困惑。

「他不是利歐。」下顎歪斜的黑髮魔女說，「利歐的左眼是灰色的。」

「妳記錯了吧，波以娜。」溫頓絲躲在紅髮魔女身後，「他當然是利歐。」

「不是。」達絲說，「他不是妳們的同伴，也不是魔人。」

她早就發現了？艾爾突然意識到，或許達絲根本不在乎他是不是魔人，純粹只是因為他和利歐長相相似，所以沒有殺掉他。

一股說不出的怪異感油然而生。

「不是利歐？怎麼可能？」溫頓絲小聲叫道。

紅髮魔女盯著艾爾，「你和利歐一起來的吧，快說他在哪裡，不然吃了你。」

「如果你不知道，我們還是會吃了你。」溫頓絲說。

艾爾發現達絲不斷用眼神示意一旁的皮囊，當紅髮魔女一動，他趕緊跳進去，波以娜緊接在後。

「妳還不快去。」布洛梅絲說，溫頓絲面露猶豫，她一個怒視，溫頓絲慌張地進入皮囊裡。

「妳不去嗎？」達絲問。

「我可不要進去那裡。」布洛梅絲說，「誰知道妳到底需要什麼材料才能完成牠們。」

達絲冷哼一聲。

在皮囊裡行動比在土裡要順暢，但味道仍讓艾爾數度感到暈頭轉向，他回頭，叫波以娜的魔女對他露出笑容，她指示他往上，自己卻往下去。

艾爾無暇思考魔女幫助他的用意，離開皮囊，往上移動。

少年達

利歐和朵絲在土裡游走一陣後，來到狹窄的石縫裡，朵絲再次取出卡葛，確認富格的位置。

利歐隔著衣服觸摸石頭，感覺不到任何跳動，「我還是去找艾爾吧。」

「我一直想問為什麼你對他這麼好。」朵絲說，「他不是殺了你的同伴？」

「他是獵人啊。」

「還是因為艾爾長得跟你一樣，你心軟不殺他？」

「當然不是。」

「啊，不過你之前差點殺掉那個叫西恩的獵人呢。」朵絲回頭，睜著大眼，「要是他下手，你會殺了他對吧。」

利歐一時無法反駁。

「可惜了。」朵絲說，「順從慾望吧，孩子，別違抗本性。」

利歐那時確實很想殺了西恩，可是他也知道他一定會後悔那麼做。

他才不做會讓自己後悔的事。

「好像就在這前方了。」朵絲說。

空氣中除了濕氣，還有股屍體的惡臭。前方隱約有亮光，走近一看，有一堆不規則的石塊，光是從石塊發出的，但利歐的注意力不在上面，而是從腳邊延伸到前頭的黑色皮囊。

朵絲伸手輕觸皮囊，一直走到更亮的地方。是個洞窟，上頭倒著生長的群樹，有個橫倒的長石，一名老者平躺其上。

利歐看著朵絲走向長石，攀上去，跪在老者旁邊，「富格。」

老者面無血色，臉頰消瘦，睜開眼看清來者後，流露訝異之色，張開乾扁的嘴唇，想說什麼。

朵絲愁眉苦臉地望著富格，她的嘴角從下垂的狀態，慢慢上揚，她伸手闔上富格的眼皮，另一手慢慢撫上他的頸子，感受心跳的脈動，她的指尖變得細長又銳利，準備刺入。

「妳不是朵絲吧。」利歐突然說，她停下動作。

朵絲收回手，在長石上繞著富格走，富格一動也不動，她望著他，欣賞他眼中的困惑與不安，「你怎麼發現的？」

「魔女不會披著自己的舊皮囊，何況還是腐爛過的，連低階魔女都不想要。」利歐回想觸碰紅毛魔女的觸感，她身上的紋路和舊皮囊一樣淺，「而我感覺妳也不像是低階魔女。」

「但你沒有拆穿我？」

「我想妳大概有什麼難言之隱。」利歐說，「不得不去假扮別人。」

「才不是假扮，我只是拿回我本該擁有的。」朵絲踏著輕快的腳步，「我和達絲還有朵絲一樣都從魔犬的屍骸中誕生，雖然我沒有自己的身體，只能依附在朵絲身上，可是我和她們一樣擁有魔犬的記憶。」她看著利歐，眼神充滿敵意，「朵絲身體一直很不好，今年春天她生了場大病，她死後，富格將她埋在某棵樹下，本以為我也會死，我失去意識一陣子，當我醒來，我感覺到僵硬的手腳，感覺到難以言喻的開心。」

富格悲傷地閉上眼。

「卡洛斯他們確實完成了地下沼澤，連厄爾都知情，只不過厄爾不知道卡洛斯是和魔女一起做的。」朵絲說，「直到我完全熟練使用這個身體，我便去找達絲他們，但我不打算讓他們知道我的存在，他們完全沒察覺我一直待在卡洛斯的簍子裡，可憐的卡洛斯，他得了熱病，當他決定和達絲暫時分別，我便開始計劃，要將魔犬奪過來。」

「為什麼？」利歐問，「妳們的目的不是一樣嗎？」

「才不一樣呢。」朵絲蹲在富格旁邊，笑著輕拍他的臉頰，「我本來要殺掉艾爾，扒了他的皮，以他的模樣去赫納村，不過利歐你出現了，要是你殺了他，我就讓你加入，結果你什麼也沒做。」她額尖突起青筋，伸手將其撫平，「你們在赫納村前分別，知道你會回來找艾爾，我就想，反正我隨時都能得到獵人的皮，不一定要艾爾的，但我還是要殺了他，因為我看不慣你對他那麼和善，而且他看起來很可口，那些獵人將會認為是你做的。」

利歐一語不發。

「你沒有馬上出現老實說我有點失望。」朵絲說，「厄爾回來的那天，達絲也正好來接富格，以厄爾愛管閒事的個性，他一定會帶人去找富格，所以我打算披上他的皮。」說著，朵絲將手插進自己的眼窩裡，惡狠狠地瞪著利歐，「誰知道艾爾沒有死，你救走他，厄爾跟著你們，他的同伴也跟來，要是我動手，他或是你一定會發現，該死的你們一直破壞我的計劃，真是可惡。」

「抱歉。」利歐說，朵絲一臉不悅。

「是我們庫耳曼賦予獵人美妙的魔力，獵人卻用來對付我們。」朵絲說，「沒有魔力，他們在森林根本寸步難移，連蟲子也不如，而那些比屍體好上一些的普通人還得靠他們才能存活，你不覺得很可笑嗎。」

「還好吧。」利歐說。

「你沒有殺掉我們，我很感激。」朵絲輕摸富格的額頭，「但那不代表我們會成為你們的一分子，我一直想找機會告訴她們，告訴達絲，還有朵絲，獵人會消滅一切對他們不利的存在，因為他們弱小又狡猾，他們會不擇手段，就像他們當初對魔犬做的一樣。她們明明都記得當時發生的一切，卻和富格你還有卡洛斯相處融洽，真是令人作嘔。」她咬緊牙，低咒一聲，接著笑得眼睛瞇成一條線，「既然魔犬的骨頭還在，就能夠讓魔犬重生，達絲用奪奪格拉的皮做魔犬外殼，而朵絲用咒語將奪奪格拉的蛋敷出魔犬的肉體，達絲一定很苦惱為什麼還沒成功，她絕對想不到，我所知道最後的材料。」

朵絲跳下石頭，從懷中取出一顆拳頭大的物體，「那就是心臟。」

富格微微張大眼。

「這不是很棒嗎，低等人類才擁有的心臟，也能派上用場。」朵絲將手伸進成堆的皮囊裡，富格手中生出火球，未到她眼前便散去，她一聲尖笑，潛進土裡。

利歐走向長石，注意到富格的簍子在石頭裡，他輕觸石頭，發現是軟的。富格抓住他的手，那力道輕得令他驚訝。

「別讓厄爾他們來。」富格指向樹叢說，「延著皮囊過去能找到達絲，叫她毀了牠們。」

利歐抓住富格枯瘦的手臂，小心拉起，富格搖頭。

「別管我，快走。」富格說。

利歐仍是把他拉起，陷在長石裡的簍子跟著被拉出，富格嘆了口氣。他撥開那些枝葉，又見另一個通道，野獸皮囊彷彿無止盡的往前延伸。他感覺地面在搖晃，一道環型的亮光從遠方靠近，通過他的瞬間刮來一陣強風，險將兩人推出通道。空氣瀰漫一股熱氣，屍臭味漸漸退去，轉為濃厚的血腥味。

通道深處發出咚咚聲響，透過微弱的光，看見皮囊上冒出數顆野獸的頭，不像奪奪格拉的圓扁頭形，牠們的頭又長又寬。牠們還閉著眼，像是剛睡醒，不舒服地扭動頭部，有些還試圖去咬旁邊的頭。

利歐帶著富格稍稍後退，牠們還沒有發現。雖然嫌兩人的簍子礙事，但他只脫下自己的，然後扛起富格，一點多餘的聲音都不能發出。

富格看著魔犬，眼裡盡是感傷。

皮囊不斷冒出頭和前腳，利歐看兩邊通道都被魔犬占滿，並且離他們越來越近。他用木魔力盤繞住左臂和富格的上半身，往上延伸，緊緊纏住某根樹，他帶著富格慢慢向上，一旁的樹叢發出聲響，只見一人探頭出來。

「布洛梅絲？」利歐喃喃地說，布洛梅絲看到他後瞪大眼，看到底下的魔犬後露出厭惡的臉，但再看一次利歐時，不懷好意地一笑，放出木刀切斷他的魔力，然後退回去。

利歐和富格落下，原本吵雜的四周一瞬間息聲，魔犬紛紛擠上來。富格用盡最後一絲力氣推開利歐，讓利歐落向那塊長石，魔犬們撲上富格，毫不留情地啃食、撕裂，富格完全沒有反抗，只看了利歐最後一眼。

利歐穿過長石進入土中。

假使牠們能夠穿土行動，那麼大的身軀速度應該也不會太快，才這麼想，那些頭一個接一個出現，他全力衝向外面，出去的瞬間即時抓住旁邊突出的粗大樹根，不知何時開始落的暴雨，濕滑的表面讓他險些滑下去。儘管天空布滿烏雲，唯獨斜掛在上的月亮沒有被遮蔽，而且今晚似乎特別發白發亮。

魔犬們從旁邊擦身而過，用一種古怪的姿勢攀在牆上，由數不盡的皮囊連接而成的長形身軀，有無數顆頭，還有無數隻腳，不管是頭或腳，更不用說身體，都不像奪奪格拉，也不像任何野獸會有的模樣，看起來更加兇猛暴戾。

視線往前，利歐不禁停止呼吸，只見魔犬不斷從山壁冒出，一大群樹連根帶葉跟著被拉出，牠們咬斷擋在前方的樹根後前行。當他視線往下，看到一個橢圓、巨大的黑色物體，那些長滿魔犬頭腳的長形身軀原來是支撐的肢幹，全都與位在中心的身體連在一起。隨著其中一條肢體向上一步，整片山壁都在震動，落石不斷砸在其上，被破壞的樹枝滲出的毒液，都沒有減緩牠們的行進速度。當橢圓形的身軀來到眼前，他看見上面有張小臉，應該是達絲。

幾隻魔犬突然脫離肢體，以完整的形態朝利歐衝過來，他一邊閃避，一邊向下移動，原本追趕他的魔犬又回到肢體裡，他奮力一跳，結果和從山壁跑出來的艾爾撞在一起，兩人一同落下，艾爾用魔力作了柔軟的台子，利歐接著用魔力擋下落石。他見遛頓絲跑來，馬上在她面前升起土牆。

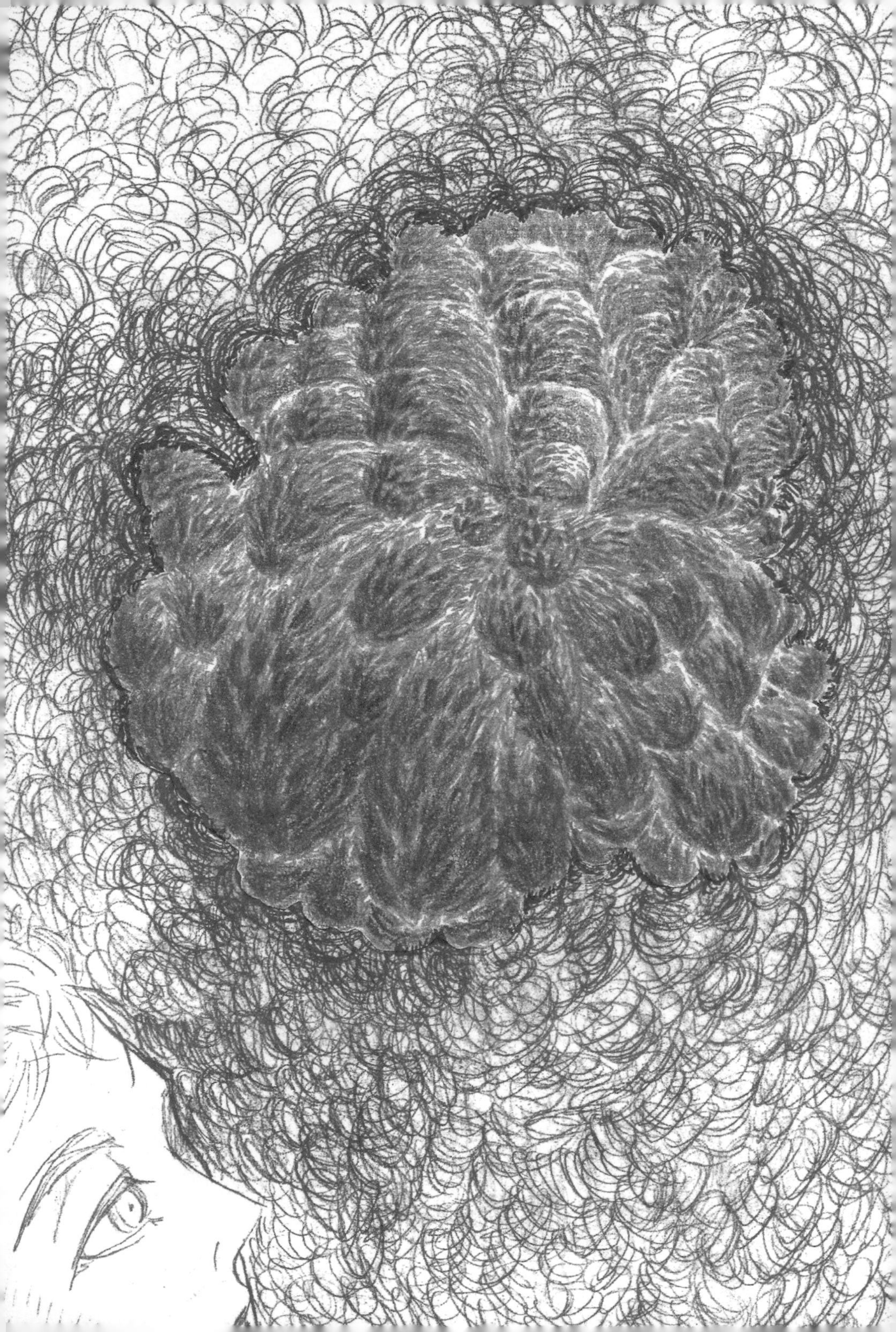

艾爾瞪眼看著上方的巨大怪物，「這哪裡是魔犬，根本就是怪物。」

「我們得去找達絲。」利歐說，「帶我們來的那個魔女不是真的朵絲，她把卡洛斯的心臟放進魔犬體內後，牠們才動起來。」

「那她是誰？」艾爾還愣著，一時只問得出這個問題。

「跟著她們一起誕生，在朵絲死後接下她的皮囊。」利歐說，「達絲和富格都不知道她的存在。」

「她在哪裡？」

「跑了，富格為了救我，被魔犬吃了。」利歐說。

「我去找厄爾他們。」艾爾說，「你去阻止達絲，順便攻擊牠們，減緩牠們的速度更好。」

利歐皺起眉。

「聽著，牠們已經不是原本的魔犬，只是由一堆屍體東拼西湊起來的東西。」艾爾認為他那個反應是在惋惜，其實他也這麼覺得，甚至責怪達絲為何要讓牠們變成這副德性。「如果不阻止牠們，會造成更多傷亡。」

「我知道。」利歐目光移到不遠處、正一臉驚異看著他們的溫頓絲身上，「你去叫達絲讓牠們停下，我晚點跟上。」

「為什麼是我……」艾爾說著，一顆大石落下，兩人分別跳開，他向利歐看去，這才發現溫頓絲，了解利歐的處境，便往巨大身軀前進。

利歐和溫頓絲一邊閃躲落石，一個追趕一個逃跑，他很快便抓到溫頓絲。

「妳在這裡做什麼？」利歐毫不掩飾自己的怒氣。

溫頓絲又驚又怕，「利歐，你是利歐對吧？那個東西怎麼長得跟你一樣？」

「回答我！」

「我們是不得已才幫她的。」溫頓絲慌張地說，「她要波以娜帶托露她們去赫納村，我不知道她們會死。」

「真的不知道嗎？」利歐低聲問，溫頓絲心虛地別開眼。

「有什麼辦法，我們根本敵不過達絲。」溫頓絲幾乎是用氣聲說，她眼神移到利歐身後，接著一笑，利歐趕緊側身閃躲，雙手瞬間被砍下，右胸被刺穿。溫頓絲聞到血味，立刻變得非常興奮。

「布洛梅絲。」利歐跪在地上，抬眼看著魔女。

「我以為你是另一個。」布洛梅絲故作哀傷，「不過結果不會變就是了。」

「如果妳希望我離開，說一聲就行了。」利歐說，「我會走的。」

「我也希望這麼容易呢。」布洛梅絲說，「但是我本來就打算將你當作糧食才留你一命，什麼時候你變得與我們越來越不同，我越來越討厭你看著我們的眼神，我不想承認，你令我害怕。」

「我從沒想過要傷害妳們。」利歐說。

「我是無法再與你相處了。」布洛梅絲指著遠處的艾爾，「不過如果你希望與我們保持友善的關係，就替我們宰了那個獵人來。」

「我不會那麼做，也不會讓妳們吃他。」利歐說。

布洛梅絲似笑非笑，「你一直沒有回來巢穴，想必他就是原因了。」

利歐勉強站直身子。

「我早該殺了你。」布洛梅絲全身漸漸冒出枝節，「我要把你的臉戴在身上，把你美麗的白髮戴在頭上，把你那雙惹人厭的眼珠當作裝飾，然後再把剩下的部分，一口一口吸食乾淨。」

「那個獵人呢？」溫頓絲問。

「待會再去處理。」布洛梅絲說。

「但是我們打得過利歐嗎？」溫頓絲說。

利歐感覺血味充滿喉間，胸口傳來灼熱的痛楚，不過和那次被光塵燒到的疼痛比起來不算什麼。只是雙手復原的速度比往常慢，他全身都在冒冷汗。

「你很多天沒有進食了對吧。」布洛梅絲說，「是不想讓那個獵人看見你吸食獵物的樣子嗎。」

利歐看著已經追上達絲的艾爾，腦中閃過念頭。他使勁，用魔力加快生長手臂的速度，頓時感到眼目昏花。地面冒出數根樹枝緊緊纏住，從腳到全身。

「你從以前就是這樣，只要能不吃就不吃，就算很多天沒有進食，也沒什麼大礙，我一直覺得很詭異。」布洛梅絲說，尖細的葉片輕刮利歐雪白的頸子，「我一直懷疑你到底有沒有肉核。」

纏住利歐的樹枝裂開冒出水，波以娜切斷布洛梅絲的魔力，抱著他往魔犬前進的反方向逃走。

「波以娜！」溫頓絲大叫，布洛梅絲向後望了一眼，躲進土裡，溫頓絲回頭，被迎面而來的眾魔犬咬去上半部。

波以娜帶著利歐穿梭在樹根間，她不時向後看。

「妳和溫頓絲也是想吃我才留下我的嗎？」利歐低聲問。

「當然了。」波以娜毫不猶豫地承認，「但我很快就打消這個念頭了，你的與眾不同，讓我覺得不該隨便吃掉你，而當你逐漸成長，布洛梅絲也意識到你的能力，對你感到害怕。」

「如果妳早點告訴我，我可以帶妳和其他魔女離開。」利歐說。

「但你不會永遠留在我們身邊。」波以娜說，利歐有些困窘，「我明白，畢竟你跟我們不一樣，所以我才打算藉此來與你切斷關係。」

「妳不在乎梅特她們嗎？」

「你應該很了解我們吧。」波以娜說，「她們是低等魔女，從腐骸生出的低等魔女，隨處可見，隨處可得。」

「我們不都是從腐骸生出來的？」利歐說。

「你都沒脫過皮囊了，真的這麼想？」波以娜覺得好笑，「我們覬覦一個紅毛魔女的巢穴，某天趁她離開的時候進去，結果找到一團黑色的皮囊，而你就在那裡面，白裡透紅，像個人類的嬰兒。」

利歐瞪大眼，「那個魔女後來成為夥伴了嗎？」

「布洛梅絲本來要吃她，她逃走了。」波以娜說，「不過真沒想到，那個獵人長得和你一模一樣。」

利歐突然抓住樹枝好讓波以娜停下，「謝謝妳救了我，但我要回去了。」

「你的傷口還沒復原。」波以娜按住利歐的胸口。

「我知道。」利歐說，「妳快離開這裡。」

波以娜憂慮地望著逐漸攀爬向上的怪物，「先吸我的血吧。」

雖然利歐不是第一次這麼做，還是忍不住問：「妳不怕嗎？」

「怕被你吸食嗎？」波以娜眼神變得柔和，「怎麼會呢。」

†

雨越下越大，月光卻越漸明亮，艾爾踩著野獸們的頭，小心不被咬上，一邊朝中心的橢圓形軀體前進。長滿野獸頭和腳的肢體不斷從山壁的表面冒出，牠們已經完全看不出奪奪格拉原本的模樣，大雨更是擴張牠們駭人的外形。他看見中心軀體上的達絲，朝她大喊，但被野獸們的吼叫聲給蓋過。

可惡，他為什麼要乖乖聽從利歐的指示。

艾爾跳上其中一條肢體，魔犬們突然展開激烈的攻擊，達絲注意到他，吹出一聲短音，魔犬停止動作。他來到稍微扁平的身軀上，因為正在移動而上下晃動的厲害，他半跪下來穩住身子，達絲移動到他腳邊。

「結果你們還是來啦。」達絲有些高興，「另一個呢？」

「富格被魔犬吃掉了。」艾爾上氣不接下氣地說。

達絲僵住笑容。

「有個魔女穿著朵絲的皮囊。」艾爾說，「她引一群獵人到這邊來，妳得……」

達絲臉一陣青一陣紅，「那個魔女在哪裡？我要宰了她！」

「我在這裡。」朵絲的聲音突然出現，艾爾和達絲一同隨聲音看去。

朵絲無神的雙眼映著慘白的月光，「嗨，達絲。」

「妳好大的膽子。」達絲越是激動，周圍的魔犬叫聲越是尖銳，雨勢似乎也跟著變大，「竟敢偷走朵絲的……」

「才不是偷走，我和朵絲共用一個身體。」朵絲說，「獵人和人類是我們的食物，就算是有恩於我們的富格也一樣，妳們不該信任獵人，不該幫助他們，更不可以成為他們的同伴。更不用說，成為殺害魔犬的獵人的同伴。」

「既然妳也記得，妳就該知道，他們是不得已才殺了魔犬。」達絲說。

「魔犬是和我們一樣高貴的存在，卻為了那些下賤、卑劣的人類而死。」朵絲說，「為什麼妳們不殺掉富格，為什麼不殺掉卡洛斯，我一直想，不停想，想到快要瘋掉。為什麼富格和卡洛斯要對妳們好，獵人不該對庫耳曼友善，他們破壞了規矩，你們全都讓我覺得很噁心。」

達絲深吸口氣，「我不想再看到妳，給我滾。」

「說的好像要妳饒我一命。」朵絲笑著搖頭，「好戲才要開始。」

達絲察覺到什麼，試圖離開身體，卻動彈不得，「離我遠點。」她對艾爾說。

艾爾才退後一步，達絲的臉劇烈地扭曲起來，魔犬的動作慢下，整個身體微微傾斜。「妳做了什麼？」他的聲音有些顫抖。

朵絲敲敲微笑的嘴角，「看來卡洛斯的心臟已經移動到軀體的中心，妳已經不能再控制牠們了。」

原本吵鬧的魔犬突然變得安靜，艾爾彷彿能感覺心跳透過毛皮傳來。

「我要殺了妳。」達絲眼球布滿血絲，淚水浸濕眼眶，她的臉出現一條又一條的裂痕，流出黑色的血。

朵絲走到達絲旁邊，蹲下來，「跟富格還有卡洛斯一起，妳將成為牠們肉體的一部分，這不是很好嗎？」

達絲的五官扭曲的厲害，她張嘴，發不出半點聲音。

「妳太天真了，達絲。」朵絲靠得非常近，「妳要知道，不吃人，不代表妳能成為人類的同伴。」

達絲看了艾爾一眼，隨後被吞噬。

「妳只是不吃人而已。」朵絲輕聲說，慢慢抬眼，盯著艾爾。

艾爾不明白，為何達絲不攻擊朵絲，難道是為了操作魔犬龐大的身軀沒有餘力了。發覺周圍的魔犬都在看他，稍微低頭向後看去，思索逃走的路線，一邊若無其事的向朵絲問道，「妳一開始就不打算送那個女孩回村子吧。」

「看在你蠢的相信魔女的分上，我可以稍微透露給你。」朵絲露出駭人的笑容，「那些獵人是用來裝魔犬的容器。」

艾爾頭皮一陣發麻。

「這不困難，只需要一個咒語，還有十三個獵人。」朵絲說，「多出來的獵人就吃掉。」

艾爾拔刀衝向朵絲，一陣強風襲來，朵絲像片落葉飄向一邊，艾爾雖然站穩，脫出肢體的魔犬們從旁過來，他用魔力作成球狀包覆全身，一次撞擊，可以聽見並感覺牠們正在用牙齒啃咬，他便從土球外層突出數個尖刺，魔犬發出哀叫，他解除魔力想跳下去，卻被幾隻魔犬咬住簍子，他繼續用魔力攻擊牠們，結果斷了腳的馬上長出腳，甚至斷了頭的也長出新的頭，魔犬復原速度竟如此之快又暴力。

艾爾看了左手一眼，深吸口氣，脫下簍子蜷曲身子，直往張開血盆大口的魔犬們落下。

†

低沉、怪異的嘶吼聲交疊從深谷傳出，於四周迴響，在懸崖邊外幾十公尺的獵人們皆神色凝重，靈馬們則躁動不安，或是擺動前腳，或是急促的吐息。

「那是什麼？」丘茲害怕地說。

「魔怪，庫耳曼，那個魔人的同伴。」孟克說。

「大概是等不到你們的人來了。」派洛對西恩說，「魔人的事由我們作主沒問題吧。」

西恩看了他一眼。

「且慢。」孟克說，「魔人是我們先發現的，應該讓我們帶走。」

「但你們沒有抓到牠不是嗎。」林登說，孟克咬牙。

「還有艾爾，他一定被魔人催眠了。」派洛說，「我們可以幫忙抓住他，你們再帶回西頓村處理。」

「何必多此一舉。」彭德說，「反正你們肯定都要被送去紅塢了。」

「你也有責任。」派洛說，「誰允許你帶村民進集會處的？」

彭德又羞又怒，「但是他們明知道魔人可能會跟來，卻隱瞞我們。」

「我只是聽從厄爾先生的指示。」西恩說。

「真不像你啊，厄爾。」林登說，「身為首領繼任者，卻犯下這種錯誤，實在太難看了。」

厄爾沉默。

「你們對那個魔人了解多少？」林登問。

「他不是複身魔人，但可以使用全部的魔力。」貝李說。

「什麼？」孟克叫道。

「晝縛對他無效，但他怕陽光。」厄爾說。

眾人面面相覷。

「如果要抓住他，艾爾是必須的。」貝李說，「雖然不知道為什麼，但魔人似乎不會傷害他。」

「我看艾爾根本就是牠的同類吧。」彭德沉著臉說。

「沒有那回事。」布南反駁，當目光聚集在他身上，又變得畏畏縮縮，「艾爾現在一定在想辦法要怎麼救那個女孩。」

「那還不足以洗清他的嫌疑。」林登說，「等我們抓到魔人，讓他親自分了牠的身體。」

其他人應聲附和，只有布南臉色非常難看。

「叫聲接近了。」厄爾突然說，靈馬不約而同向後退。

「這數量聽來有不少啊。」

地面的碎石在彈跳，彷彿有數百隻野獸在奔跑，樹林裡的居民們皆被驚動，沼澤裡的鰭足獸及魚群沉到底部，羽足獸飛離樹林，小型野獸與魔怪四處逃竄。

「跟我來！」派洛拉著繩子讓靈馬轉身，其他獵人都跟著一起，西恩、孟克和丘茲隨後。厄爾和貝李及布南也拉著靈馬轉身，後方傳來樹木被折斷、倒下的聲響，速度快得令人措手不及，透過昏暗的光線，無法看清黑影的全貌。

貝李來到厄爾旁邊，邊回頭看追逐的黑影，小聲說道，「那個魔女是故意抓走村民嗎？」

「應該是的。」厄爾說，「為了讓我們去阻止魔犬。」

「那是魔犬？」貝李又回頭看了一次，「跟想像中不太一樣。」

「是啊。」厄爾輕聲說，「抱歉啊，貝李。」

「當初跟蹤你的時候我就已經做好最壞的打算了。」貝李說，「不過，如果是卡洛斯的話，他應該會做的比我們更好吧。」

厄爾同樣心有感慨。他看著派洛、彭德與另外一人繼續往前奔跑，其餘雪蘭村的獵人們一邊左邊移動，一邊沉入地下。

布南、孟克及丘茲跟上他們。

「厄爾先生最好快離開吧。」貝李說，「我們可不能連續失去兩個首領。」

「富格首領死了嗎？」丘茲問。

「是的，馬內他們也死了。」厄爾說。

「該死的庫耳曼。」孟克罵道。

不遠處前的派洛和另外兩人從簍裡取出魔女頭，用火魔力燃燒，腥臭味飄了過來。

「他們還真是一點都不浪費魔女頭啊。」孟克挖苦說，「丘茲，你帶厄爾先生離開這裡。」

「先等一下。」厄爾回頭看著那些魔犬，「情況好像不對勁。」

「所以才說你快走。」孟克才說完，巨大的腳越過上方，差點踩在住派洛等人，藉由火光，他們看見這些「腳」的真面目其實是一群緊密連在一起的野獸，牠們不斷在旋轉，藉此來前進，而中心的身軀大的彷彿能夠遮蔽整個雪蘭村。

眾人震驚之餘，又有另一隻大腳踩在右前方，他們加速閃躲，和派洛等人會合。

「這傢伙八成是從庫耳曼之森跑出來的。」派洛說，「牠們看起來像有目的的行動。」

「要是牠們離開這裡就麻煩了。」丘茲說。

派洛鐵青著臉，「我們得盡快消滅牠們。」

厄爾看著中心的軀體，猜想或許是那名叫達絲的魔女在控制這些魔犬，「先砍斷牠們的腳吧。」

「布利去通知林登，讓他們負責所有左邊的腳。」派洛說，我和彭德及孟克負責前面兩隻腳，你們負責後面的。

「好的。」厄爾等四人則放慢速度，魔犬們發出低沉的嘶吼聲。

厄爾和布南及貝李逐漸接近左邊的腳，靈馬發出害怕的嘶鳴，他們勒緊靈馬頸上的繩子，迫使牠們接近可怕的野獸，他和貝李不約而同放出魔力攻擊，魔犬們紛紛將頭朝向他們，冷酷的視線令人不寒而慄，但他們沒有停手，直到砍斷腳。

厄爾蹲在靈馬背上，準備跳上去，卻見斷掉的肢體快速恢復，甚至有數隻魔犬脫出肢體撲來，布南用水魔力沖開牠們。

「到地下去！」厄爾大喊後下沉，三人與派洛等人再度聚首。

「這些怪物，復原能力太快了。」孟克罵道。

「我們現在該怎麼做？」貝李問。

「既然無法砍斷腳，就攻擊中心的身體吧。」厄爾說。

「但距離太遠，從這裡攻擊沒多大作用。」孟克說，「牠們還能隨時脫離肢體，根本沒完沒了。」

「我們可以用魔力合作。」布南說。

「那大概也無法造成太大的傷害，只是在浪費魔力。」貝李說。

「用咒陣吧。」厄爾說，「讓一半的人趕去前頭設下防護網，先把牠們困住，再讓其他人進行穿石術。」

「自百年前的集體狩獵魔女之後，應該就沒有獵人族使用穿石術了吧。」孟克面色越顯凝重，「我們赫納村當時派去的獵人們，沒有一個生還。」

「往好方面想，這一次我們只是為了消滅這個怪物。」貝李說。

「也不確定是不是真的有用。」孟克說，「而且穿石術不是使用相同魔力的獵人布陣才更有效果？」

「現在沒有那個時間去找齊人馬了。」厄爾說，「我先上去看看情況。」

「我去吧。」貝李拉著靈馬朝上，才探頭沒多久便下來，「牠們停下來了。」

厄爾正要開口，隱約聞到香味，反射性用魔力將自己從靈馬身上彈開。

第十四章 三角

貝李等人來不及反應，身體一僵，垂下頭，靈馬帶著三人往上。厄爾知道他們都中了魔女的咒語，而他猜是因為這些靈馬，牠們很可能在被魔女放出來前也被下咒了。

厄爾跟在中咒的靈馬身後一同探出地面，不只貝李和孟克，連其他雪蘭村的獵人皆往巨大身軀的下方聚集，圍成一圈。眾多魔犬在上方，他一口氣也不敢大喘，抬頭一看，巨大身體的下方隆起一塊，像水滴緩慢落下，肢體上的魔犬們逐漸化成液狀，接著，獵人們的背部微微隆起，將魔犬吸入。

原來這才是紅毛魔女的目的。

厄爾本來不該感到訝異，但因為敬愛的富格首領不明失蹤，以及得知好友卡洛斯和達絲與朵絲的關係，甚至是看到利歐對艾爾的真誠，他才想試著相信她。

察覺後方一股寒氣，只見數隻魔犬追上來，厄爾吃了一驚，逃進樹林，魔犬身形雖大，卻能敏捷地避開樹木。

厄爾懊悔不已，因為相信紅毛魔女，害雪蘭村的村民被抓走，還讓所有人陷入危險，這一切都是他的錯。

他到底該怎麼做。

厄爾用盡全力奔跑，魔犬的鼻息彷彿近在耳邊。前方又來另一群魔犬，他放出魔力，右手持刀，揮砍、抵擋、突刺，不論他怎麼攻擊，魔犬身上的傷立即復原，再這樣下去遲早會用盡魔力和體力，到時逃跑就有困難了。

他放慢腳步，眨眼間被數十隻魔犬包圍，牠們與他保持一定距離，他聽見笑聲，往左後方一看，是那個紅毛魔女，她騎在一隻魔犬的頭上，和先前看到的虛弱模樣完全判若兩人。

「你想去哪？」魔女笑問，「乖乖配合，就不會死的太難看了。」

厄爾不打算問，也不想再聽她多說，他不看她，也不看任何一隻魔犬。

紅毛魔女跳下來，慢慢走近，「就是這樣，好好待著別動，不要像卡洛斯，到死前還極力掙扎。」

厄爾肩膀微僵，兩眼瞪直。

「你為他感到難過嗎？」魔女笑道，「但是他和富格從來沒告訴你達絲和朵絲的事，說明你根本不被信任吶。」

魔犬一齊撲上，厄爾停止呼吸，其中一隻魔犬的嘴巴突然歪向一邊，上顎整個裂開，冒出一個人，他跑過魔女身邊時揮刀，但只砍下她的右手。

「艾爾？」厄爾驚訝地喊道，握住艾爾伸出的手，跳到魔犬背上，艾爾拔出自己和厄爾的佩刀，刺進牠的雙眼，魔犬大吼一聲疾奔，眾魔犬尾隨其後，他們離巨大身軀越來越遠。

朵絲先是一愣，接著歇斯底里地尖叫。

「你做了什麼？」厄爾問。

「我用魔女的舊皮囊包住自己。」艾爾感覺佩刀被推出，厄爾接手按住插在魔犬左眼上的佩刀，他則按住插在右眼上的。

「你在皮囊裡面？」厄爾不敢相信。

艾爾回想那瞬間，雖然沒有被咬的感覺，但能聽到魔犬吞嚥的聲音，實在不可思議，「聽到朵絲的聲音我就用佩刀劃破皮囊出來，可惜沒殺掉她。」

「還好你沒有。」厄爾嚴肅地說。

「怎麼了？」

「貝李他們中咒了。」厄爾說，「如果殺掉她，也許能解除咒語，但魔犬也可能會從他們體內爆出來，最糟糕的是，他們在中咒的同時就死了。」

艾爾雙手忽然失去力道，佩刀從魔犬的右眼被推出，魔犬奮力搖晃頭，厄爾抓住艾爾，跳起的瞬間用木魔力攀住樹頂將兩人拉上去，「抓緊我。」他說，艾爾抓住他肩上的揹帶，兩人絲毫沒有喘息的機會，下方追趕的魔犬層層疊起，形成巨大肢體。

一道水從一旁的地面冒出，暗色的水體露出兩張臉，一個是魔女，另一個是利歐。艾爾見利歐雙手只剩上臂，大吃一驚。魔女帶著利歐跳上樹，艾爾鬆開手，在厄爾驚愕的注視下轉身，接著在魔女與利歐身後升起一道土牆，牆的另一側突起粗厚的土刺，貫穿撲上來的魔犬們。

厄爾不可置信地望著艾爾。

這一定也是因為喝了利歐的血，艾爾看著沒有魔印的手背，感覺怪的可以。

波以娜帶著利歐來到艾爾身邊。

「太好了，你們都沒事。」利歐說。

「你這不是擔心別人的時候吧。」艾爾見利歐斷裂的手臂正逐漸長出，破洞的右胸也在癒合。利歐的魔女夥伴中有這麼危險的傢伙在嗎，還是說，利歐不忍心對她們動手，結果被趁虛而入。

真是笨蛋。

聽見土牆裂開的聲音，波以娜緊張地倒吸口氣。

「先離開這裡吧。」厄爾說。

「不消滅牠們嗎？」艾爾說，利歐看了他一眼。

「牠們再生能力太快，根本傷不了牠們。」厄爾說，「除非牠們吃掉自己。」

「吃掉自己。」艾爾低喃，「如果是沼澤魔力呢？」

「我試試看。」利歐說，波以娜一臉困惑，「如果我又差點被魔力吞噬，就拜託艾爾了。」

艾爾皺眉。

魔犬衝破土牆，波以娜抓住利歐，艾爾同樣繃緊神經。利歐高舉斷裂的左手，放出黑霧狀的魔力，與變成肢體狀的魔犬相撞的瞬間，魔犬發出撕心裂肺的悲鳴，黑色碎塊從黑霧中落下，肢體中的魔犬們分開，或是剩三條腿，或剩一條腿，或剩半截身體，在地面蠕動爬行、苟延殘喘，其餘身體大致上還完好的魔犬急忙逃走。

利歐甩動左手，清掉手上的黑霧。

「成功了！」波以娜臉上的笑容慢慢退去，「我以為你只是土魔人。」

「我不希望妳們因為我能用沼澤魔力而害怕。」利歐說。

「說不定布洛梅絲就是發現了，才怕得想要除掉你。」波以娜說。

艾爾看著遠方突出樹群頂端的巨大身軀，和利歐跳下樹，波以娜看棕髮獵人也跳下，沒有任何動作。

「牠們的本體好像暫時無法行動。」艾爾說，「我們可以把布南他們帶走，然後用穿石術毀了魔犬，只是殺掉魔犬，應該不會傷到他們吧。」

「先不談要怎麼帶他們離開。」厄爾說，「只有我和你根本無法完成咒陣。」

「還有利歐。」艾爾說。

「你是認真的嗎？」

「不試試看怎麼知道？」

厄爾深吸口氣，「但布陣和帶走獵人無法同時進行。」

「如果你不介意的話。」利歐抬頭，「我可以請我的同伴幫忙。」

「什麼？」波以娜叫道。

厄爾看著黑髮魔女，皺眉。

「妳不會傷害他們對吧。」利歐看著波以娜，「拜託了。」

波以娜嘴角下垂，「我可不能保證什麼。」

厄爾凝視他們一會，嘆了口氣，從簍子裡拿出三顆普通的灰色石頭，大小比手掌一半要再小些，他很快唸了一段咒文，石頭慢慢變成黑色，他分別交給艾爾和利歐，「仔細聽好我說的，到時對著石頭再複述一遍。」

艾爾和利歐小心收下石頭。

「布好陣後，就看你了。」厄爾對利歐說。

†

朵絲騎在魔犬背上，嘴裡不停喃喃低語，「這一次你們可沒法阻止了。」她一會臉色低沉，「先讓牠們把你們全殺掉，再裝進容器裡。」這會又奸笑起來。她被砍斷的右臂不斷流下黑血，滴在魔犬的眼背上，牠發出低鳴，「別叫了，之後會有更好吃的等著你們。」

從森林一處傳來叫聲，朵絲皺眉頭，「快點。」她對魔犬說，回到巨大身軀那裡，橢圓形身軀大概消了一半，魔犬持續灌進十三名獵人的體內，其他獵人與靈馬仍待在原地。朵絲撫著疼痛的右臂，走向其中一名獵人，舔了舔嘴唇。

幾隻身負重傷的魔犬接近，朵絲身後的魔犬馬上撲倒牠們，又啃又咬。

「還不停手，蠢貨！」朵絲叫道，魔犬側頭斜眼看她，繼續吃掉，她快步走到受傷的魔犬面前，察看牠們受傷的部位，並沒有再生，「什麼？」她瞇起眼，迅速掃過身後一片黑漆漆的林子，「臭蟲子，還不出現？」

四周只剩暴雨聲，魔犬們弓起背，尖爪磨著地面。

烏黑的雲朵閃過一絲光線，白光落下，巨大身軀上方出現螢光色的三角。

朵絲大驚失色，「他們一定分別在三角所指示的某處，快去殺了他們！」

魔犬們散開，她帶上數十隻魔犬，往其中一角去，在樹林中她看見人影，扭曲笑容快速逼近，雙手化為黑霧，伸長打碎那個人影，魔犬撲上去，發出叫聲，她上前一看，地上只有一灘泥土，靜觀四周，到處都是人影。

朵絲向魔犬使眼色，牠們瞄準那些人影衝去，「你確定要幫助他們嗎，親愛的。」她大聲說，「他們連自己同伴的性命都會犧牲，更何況你本來就是他們的敵人，只要被利用完了，就會被殺死。」

魔犬毀掉一個泥人，地面馬上又冒出另一個。

「雖然你不是庫耳曼，但你還是能成為我們的同伴。」朵絲說，「選擇我們才是對的，選擇我們，和我們一起享受殺戮，選擇我們，你就能不死。」

朵絲身後冒出一團泥，露出白髮，她面帶微笑轉身，結果脖子立刻被套上晝縛，少年揮刀，朵絲的頭掉下來，晝縛將露出的肉核綁住。

「為什麼希望不死？」少年問，「妳們不是從死亡世界來的嗎。」

「是你？」朵絲痛苦又慌張，「為什麼你還能使用魔力？」

還好厄爾有給他晝縛，艾爾看著天空，既然三角已經出現，表示利歐和厄爾也都在唸出咒語了。那種奇異的語言，大概只有獵人首領及繼任者才了解其義，也只有他們才能將咒語「託付」他人，不可思議且詭異的是，被託付的人只要使用過咒語，就會完全忘記要如何發音。

「要是殺了我，那些獵人必死無疑。」朵絲說。

「所以他們還活著。」艾爾說，朵絲面色一怔，他全速奔跑，逐漸拉開與魔犬的距離。

朵絲痛苦的神情中摻雜慌亂，「別這麼衝動，親愛的，我剛剛話的也不全是對利歐說的。」因為晝縛，她的聲音在顫抖，「你生來就不是一般人，你很特別，你心裡也很清楚，你跟那些獵人不一樣，你優於他們。」

艾爾沉默著。

「你很清楚，他們絕對不會放過你的。」朵絲說，「但只要加入我們，就會得到更好的。」

「妳為什麼要一直說『我們』？」艾爾問，朵絲頓時啞然無聲。

艾爾回到巨大身軀附近，橢圓形身體下方只有靈馬，不見獵人，只有黑色、細長的液態物直接深入地下。

「你以為帶走他們就沒事了嗎？」朵絲一雙大眼突出畫縛外。

艾爾繞過肢體下方，遠遠看到一群魔犬。

以前獵人集體狩獵魔女時，使用防護網與穿石術兩種咒陣，兩者都是將首領下過咒語的石頭，規劃出陣的形狀，防護網用來困住，穿石術用來攻擊。雖然現在不會和其他村子進行大規模狩獵，不過他們西頓村的獵人被派去庫耳曼之森時仍會使用防護網，在面對階級高的魔女時，即使無法對付，也能夠暫時限制魔女的行動。

艾爾越來越接近，那些魔犬不知是沒發現，還是壓根沒把他放在眼裡，牠們全都盯著利歐，彷彿石化動也不動。

和防護網不同，使用穿石術時獵人們必須分散在三角，釋放魔力使其凝聚，集中魔力攻擊。如果是由使用同樣魔力的獵人來做，攻擊力更大，如果是不同魔力，則由第一個釋放的獵人決定。暫且不說他和厄爾的魔力屬性不同，也不論利歐擁有他們都有的土和木魔力，能肯定的是，這兩者對不會對魔犬造成致命的殺傷力。

但為什麼沼澤魔力就可以呢。

利歐手中拿著石頭，全神貫注地看著天空，方才厄爾教他們的那段咒語仍盤旋腦海，那是從來沒聽過的語言，像是人語，又像是魔怪之語，但現在沒有時間去細細品味，他深吸口氣，兩手一上一下平行伸直，右手在上握著石頭，左手在下掌心朝上，放出沼澤魔力，魔力像是被吸入石頭中，與此同時，螢光三角的中心也冒出黑霧，不斷旋轉，逐漸擴大。

包圍利歐的魔犬開始後退，牠們的目光充滿害怕，畏縮使牠們看起來整體小了一圈，追逐艾爾及厄爾而來的魔犬同樣停下，接著，牠們慌張地逃走。

「別跑！」朵絲啞聲叫喊，「回來，你們這群膽小鬼！」

從三角冒出的沼澤魔力開始腐蝕只剩一半的橢圓形身體，巨大肢體上的魔犬全都騷動個不停，牠們貌似想脫離卻沒有辦法，發出悽慘又悲傷的叫聲。而那些已經逃離的魔犬們，隨著橢圓形的本體被吞噬，牠們的身上也出現變化，先是失去後腳，身體，前腳，最後是頭部。

艾爾來到利歐身邊，只見他的左手正被黑色霧狀的魔力侵蝕。

利歐努力控制魔力放出的速度，但越想控制，黑霧腐蝕的速度就越快，宛如有生命般緊咬著他不放。

艾爾將困住朵絲的晝縛綁在腰間，到利歐右側，用刀從右手背到手肘割開傷口，放到利歐嘴前，利歐沒多問，張嘴咬住，喉間升起一股熱氣，藉著復原能力抵擋被魔力侵蝕的速度。

艾爾望著面無表情的利歐，從肌膚傳來的咬勁，能感覺利歐確實在奮力。

他知道利歐會答應幫忙，卻不禁自問這麼做真的好嗎，讓利歐，讓一個魔人去幫助人類，是正確的嗎。

而他和厄爾竟也真的讓波以娜去就救獵人了，明明他們才因為聽了假朵絲的話才造成這般慘況，雖然他是看在波以娜先前放他逃走的分上，厄爾又如何呢。

黑霧轉得越來越快，很快，連同橢圓形的本體，八條肢體全為黑霧圍繞，連周圍的樹木都被拔起捲入，艾爾回頭，數棵埃西亞行樹朝著他們而來，他拉著利歐蹲下，使勁使地面浮出弧形的遮蔽擋下，斷裂的樹木從頭上飛過，他再讓數隻泥手抓住他和利歐，儘管如此，他們仍無法控制的向前，甚至連他的魔力都被吸進其中。

「可惡。」艾爾的臉扭曲起來。

利歐鬆開嘴，吐了口氣。「希望不要再有誰想重生你們了。」他喃喃地說。黑霧完全包覆巨大軀體與肢體，看不到半點身影，收起沼澤魔力的瞬間，右手中的石頭破裂，龐大的黑霧往三角散去，刮起一陣大風，掛在艾爾腰間的晝縛被強大的吸力拉起，飛了出去。

當風停止，雨勢跟著變小，烏雲漸漸散去，接近地平線的月光恢復往常的死白，夜晚即將與白日接替。

「快！」艾爾往晝縛飛的方向跑去，「要是晝縛被殘餘的魔力毀掉，朵絲就會脫逃了。」

「以她那副身體，就算掙脫了也跑不遠。」利歐不怎麼著急。

「可是……」

「怎麼了？」

「不，沒什麼。」

「我還以為庫耳曼之森會更加陰暗。」利歐轉了話題。

「這裡只是入口而已。」艾爾說。

利歐抬頭望向不遠處的高台，右側有腳步聲接近，厄爾走向兩人，高舉手上的朵絲。艾爾正鬆口氣，林子突然衝出一群瘦小的奪奪格拉，咬掉厄爾的左手及魔女，利歐沒有跟著艾爾立刻追過去，而是到厄爾身邊。

「你還好嗎？」利歐問。

「只是小傷。」厄爾注視遠去的艾爾，又看向利歐，「之前，你們不是被西瓦特攻擊了嗎，牠們從你身上拿走的是什麼？」

「你怎麼知道？」利歐頓了頓，「那個像魔女的東西，是你的？」

「我看你好像在找，但我出現的話你也會有警戒心吧，就用魔傀帶你去。」厄爾說。

「謝謝你。」利歐說，「那是對我很重要的東西，不過對你們來說，只是顆不起眼的石頭。」

「石頭？」厄爾還想說什麼，利歐已準備離去，「你們還是要去庫耳曼之森嗎？」

利歐知道厄爾問的是什麼意思，他只是微微一笑，快步走開。

「嘿！」厄爾喊道，拋了一罐暗綠色的瓶子，「省著用！」

利歐收下瓶子，揮手致意。

奪奪格拉們毫不在意身後的艾爾，牠們互相爭奪朵絲，不停咬她，朵絲掙脫出來，拖著傷痕累累的肉核慢慢爬行，奪奪格拉最後一齊撲上，憤怒地撕裂她。

艾爾上前揮刀趕跑野獸們，到朵絲旁，她已變得殘破不堪，呼吸微弱得隨時都要停止，「快告訴我解開的咒語。」他急切地說。

朵絲看著艾爾，以及隨後趕到的利歐，已經裂開的嘴角稍稍上揚。

「告訴我！」艾爾大吼。

朵絲全身顫抖起來，她舉高手，黯淡的瞳孔只剩恐懼，接著，她半睜著眼，斷氣身亡。

艾爾抓起她，利歐按住他的手。

「走吧。」利歐說，「快去布南那裡。」

真是瘋了才會答應利歐。

波以娜用魔力綁住所有獵人，並帶往遠處的一個小高台上。

身為一個魔女，幫助獵人根本是違背常理。

但她真的這麼做了。

那個怪物傳來的吼叫聲，聽得她膽顫心驚。她只希望利歐沒事，雖然發現他能夠使用兩種魔力實在叫她吃驚。還有那個叫艾爾的獵人，那孩子真的是獵人麼，她很疑惑，活到現在，從沒見過這種事。

波以娜將獵人帶到高台堆在一起，靜待這一切結束。

獵人們都中咒了，不知是不是那個叫達絲的魔女做的。他們的背上連著一條從怪物身上帶出來的液態物，不小心碰到還會覺得刺痛。

大概都活不成了，如果死了就太好了，但要是她吃掉的話，利歐可能會生氣。

波以娜一直看著從空中冒出的黑霧，那是利歐和獵人合作所做出來的。

那個黑髮獵人竟然接受利歐的幫助，實在沒道理。

但利歐現在大概很開心吧，他從小就對獵人有極高的好奇心，所以後來也不跟著她們吃獵人了。

真是可惜。

過了一會，黑霧回到空中，下著大雨的雲朵也散去。

天就快亮了。

「快回來吧，利歐。」波以娜小聲呼喊，身後不知是誰發出微弱的聲音，她挺直背，沒有回頭，慢慢向前走。

獵人們的聲音越來越大，也越來越清楚，他們疑問自己所在何處，疑問發生什麼事，確認同伴而互相叫喊名字，接著，他們突然安靜下來。

波以娜頓住腳步，下一秒拔腿快跑，跳下高台。

「抓住她！」獵人們大叫。

波以娜跑得越來越快，幾個年輕獵人跟上她的速度，尤其是一名棕髮的獵人，他已拔出刀，整個人殺氣騰騰。

「幫助獵人果然沒好事。」波以娜喃喃地說，或許是因為剛才帶走獵人耗費不少氣力，也可能是因為天快亮了，波以娜覺得身體越來越沉重。獵人們在她前方張開樹網，腳下的地變得鬆軟難行，現在下潛的話八成會被抓住。

火球如流星般沖向她，波以娜無力地閃躲，逐漸被包圍，棕髮獵人朝她放出猛烈的一擊，打碎她右半部的臉及胸口。

「是他們！」一名獵人大喊，其他人立刻停下動作，從樹網的縫細中看見兩個身影，在反應過來時，整片樹網被撕裂。

利歐用魔力將波以娜捲起，和艾爾一同跑開，獵人們追趕而來。

艾爾回頭看著布南，仍是那副擔憂的神情，但有那麼瞬間，似乎露出笑容，布南抽出佩刀，朝他們扔來，他徒手接住，刀柄上有條細藤綁著紅瓶，他立刻了解布南的用意。

「傻子，下次丟準一點。」孟克罵道。

西恩加快速度，從左手冒出數道水流，全都瞄準了艾爾，他雙眼發紅，氣勢洶洶，似乎決意將魔女頭用盡也要抓到他。

但是，抓不到的。

宛如呼吸般自然，艾爾在眾人前行的路上揚起一道高牆，並筆直延伸。

這源源不絕的力量，要令人上癮，不禁笑起來。

利歐原本要出手幫忙，看來是不用了，他抱緊波以娜，和艾爾一同下潛。

尾聲

她起先覺得冷意圍繞身體，漸漸地變得溫暖，微弱的光線映照在眼皮上，她緩緩睜眼，接著慢慢張大。

這裡是哪裡？她怎麼會在這種地方。

少女有些害怕，但發現自己躺在靈馬的背上，稍微感到安心。天空泛著溫和的藍光，她知道天快亮了。看著遠方的山林，以及隔開天地的黑線，她知道那條「線」後面便是庫耳曼之森。

湧現心中的不是興奮的情緒，而是害怕。

村裡的人們一定很擔心她，彭德一定很擔心她。

似乎被她的緊張傳染，靈馬發出幾聲氣音，少女輕撫靈馬的頸背，就像哈伯叔叔教過她的。

「我們回去吧。」她說。

†

艾爾和利歐在地下潛行一段路後，回到地面上，身在完全陌生的環境中，兩人也沒有絲毫猶豫，只能不停奔跑。

「我不懂。」艾爾說，「為什麼朵絲會突然變得那麼虛弱。」

「大概因為是從魔犬的骨頭生出來的。」利歐說，「魔犬被消滅，她也跟著受到影響。」

「我是指，她一直都很虛弱。」艾爾說，「我不覺得那是裝出來的，而在得到魔女頭後，她才盡量表現出恢復體力後該有的模樣。」

「是嗎。」利歐有些心不在焉。

艾爾看著他懷中的波以娜，「利歐。」

利歐不看他，艾爾知道他故意裝作沒聽見，於是抓著他停下。

「你的夥伴……」

「她很好。」利歐不看艾爾。

「看看她吧。」艾爾說，利歐僵持了下，鬆下雙肩，將波以娜輕輕放到地上。

波以娜的肉核幾乎只剩半邊，她輕抓利歐的手，張嘴，黑色的血馬上流出。

「別說話。」利歐說。

波以娜推開利歐的手，瞇起眼，「……方。」

艾爾和利歐一同彎下身，側耳傾聽。

「北方。」波以娜摸著自己的嘴巴，「她要你，去北方。」

「妳說紅毛魔女嗎？」利歐問，艾爾看他一眼，「她在北方是嗎？」

波以娜喘了幾口氣，「請你……吃了我。」

利歐搖頭。

波以娜看看利歐，又看看艾爾，閉上眼。

利歐看著她一會，深吸口氣，起身，「走吧。」

艾爾當然知道魔怪沒有埋葬的儀式，還是忍不住問：「就把她放著嗎？」

「嗯。」

艾爾拿出衣服裡的紅瓶，「等我們找到隱密點的地方，麻煩你把它燒掉。」

「那不是卡葛嗎？」利歐說。

「是布南的卡葛。」艾爾說，「牠吸過我的血，他們能用這個找到我。」

「其他獵人的卡葛怎麼辦？」利歐問。

「不用擔心。」艾爾說，「他們的卡葛都沒吸過。」

利歐有些困惑，從懷裡取出暗綠色瓶子，「這是厄爾給的。」

艾爾接過去，一邊摘下利歐的帽子，從帽頂倒出灰色的液態物，讓其完全覆蓋帽子，待顏色變黑，

他用力一抓，拿起另一頂帽子。

利歐戴上後，想起什麼，從懷中拿黑皮囊，打開，靈馬跑出來。

艾爾以為牠被關在那裡會變得躁進，結果靈馬只是甩了甩頭，然後嗅了嗅他倆，他輕輕拉住其中一隻脖子上的韁繩，望著那雙大眼中的自己，他鬆開手，靈馬們慢慢走遠。

利歐望著神情有些不安的艾爾，伸手拍拍他的肩膀。

好了，沒事的。

像在對艾爾，又像在對自己說。

沒事的。

只要不去回想艾爾的血味，就沒問題了。

國家圖書館出版品預行編目資料

少年達：艾爾的抉擇／H. Amaz著. --初版.--臺中市：白象文化，2017.12
面；　公分.——（說，故事；71）
ISBN 978-986-358-557-2（平裝）

857.7　　106015789

說，故事（71）

少年達：艾爾的抉擇

作　　者　H. Amaz
校　　對　H. Amaz
專案主編　黃麗穎
出版經紀　徐錦淳、林榮威、吳適意、林孟侃、陳逸儒
設計創意　張禮南、何佳諠
經銷推廣　李莉吟、莊博亞、劉育姍、李如玉
營運管理　張輝潭、林金郎、曾千熏、黃姿虹、黃麗穎
發 行 人　張輝潭
出版發行　白象文化事業有限公司
402台中市南區美村路二段392號
出版、購書專線：（04）2265-2939
傳真：（04）2265-1171
印　　刷　基盛印刷工場
初版一刷　2017年12月
定　　價　250元